全椒古代典籍叢書

金兆燕集

3

（清）金兆燕 撰

政協全椒縣委員會 編

國家圖書館出版社

第三册目録

國子先生全集四十三卷（棕亭詩鈔卷三至十一）

（清）金兆燕　撰

清嘉慶十二年（1807）至道光十六年（1836）贈雲軒刻本

棕亭詩鈔卷之三

全椒　金兆燕　鍾越

寄秦劒泉

秦淮水閣青旗飄其君聽歌淮清橋角鷹側腦秋旻高揚州城外輕舸泊看君作賦吟紅藥月中楊柳姿濯濯長安道上車隆隆九衢聯袂如屏風羨君下筆千人雄十斛易酒新撥醅酒酣高歌燕昭臺東風刺促不得意笑書驢券歸去來兄袁弟灌揮手散浮雲南北無根荄丈夫意氣周九垓千里面目同岑苔瑣瑣尺素兒女語徒勞鱗羽奚爲哉三年思君苦未足寄君短歌歌復續

試上石頭歌一曲橫江白浪高於屋

却寄韋五

妙舞節屢變清歌音有餘置酒會高堂停觴但悲歔華燈耀綺筵客心自焚如高樓臨大道珠簾朝暾俱炫服競新粧美人麗且都粧成對圓花斂衿相嘆吁天馬入漢闕蛾眉嫁穹廬位置應有方安能擇所愉十四學絛桑十五鳴軖車白葦作璘藉黃金作踟躕容華日就萎縑素復何須斜日薄西崦明月出東隅佩我明珠璫望君金鏤衢秋風一以至何以托微軀使君東南來當風捋髭鬚寶刀佩青犢名駒躍的顱小姑貪目成不共處

姊居珠鈿環霧鬟香風襲雲裾應念空閨人流光如電
驅

寄吳文木先生

文木先生何嶔崎行年五十仍書癡航頭屋壁搜姚姒
醬翁蔑叟訪孔義昔歲鶴版下
綸扉嚴徐東馬紛奔馳蒲輪覓徑過蓬戶鑿坏而遁人
不知有時倒著白接䍦秦淮酒家杯獨持鄉里小兒或
見之皆言狂疾不可治晚年說詩更觧匹師伏翼蕭俱
辟易小雅之材七十四大雅之材三十一一言解頤妙
義出凱風為洗萬古誣喬木思舉百神職先生注詩力闢凱風原註

不能安室之謬南有溝猶瞀儒刪鄭衛何異索塗冥擿喬木云祀漢神也

埴昨聞

天子坐明堂欲祡衡霍巡南方特重經術求賢良仲讓講義誇兩行欽明八風舞迴翔負薪老子露印綬妻孥竦息趨路旁先生何為獨深藏企脚高臥向栩牀金陵美酒一千斛粼粼素盌皴紅玉何時典我青綺裘共君復醉鍾山麓申公轅公老且禿驅之不堪塡硎谷先生速起為我折五鹿秋風多江水波寄君一曲之高歌歌殘星斗橫秋河屠販唾手亦富貴安能佐治無偏頗先生抱經老岩阿吁嗟如此蒼生何

施大益川以施二淡吟遺稿見贈感賦長句兼示
琴山
鏡湖秋水連天白湖雲冷覆幽人宅一行新鴈入雲羅
聲聲淒斷江南客憶昔鳩江重二施珊瑚並蘇玉交枝
花萼集中煇互映脊令原上影相隨狂飈一夜吹湖水
大施老去小施死江東奇氣黯然銷孤城白日寒潮駛
僕也飄零湖海身窄船偶住鏡湖濱荒冢每思尋輔嗣
虞庭何日逕朱均感君珍重投瓊軸件我空齋秋草綠
幾卷琳瑯忍淚看半簾風雨和愁讀草厨休飢羽陵蠹
為囑長恩好持護紈扇頻書柳惲詩弓衣定織都官句

君不見詩投溷厠文補袍千古才人空自豪賸馥殘膏零落盡空令異代首頻搔勸君休更嗟君弟身後香名誰得似但使聲華炳日星何須時命悲蘭茝傷心敬禮訂遺文後世何人更子雲明月孤猿啼獨夜千山落葉正紛紛集爲琴山手訂琴山與淡吟交最密嘗哀其倡和諸作爲一帙名對啼猿

江上僧樓書壁

孤塔岧嶤碧鏡涵水天閒話對瞿曇千秋遺事風前笛一片殘陽雨後菴板子磯邊花瑟瑟夫人祠畔柳毿毿寒濤荻港東流去休問宜南更靖南

題周横山雪中小影一百韻

周子手束絹其長不盈尺萬態森修澹藐者盡悤悤雪
貌慘冷𩃬雲勢張大奓碥砢樹千尋氋氃鶴一隻嵬然
獨立人寒骨挺瘦瘠露頂似禿鬝跣足任皴坼如繩者
帶纖如辮者衣裳冷銕氣淒鬱躍韒光有頑捲向烏皮
几睍我欹一擲索我拙言辭將以題其額鄙人矍然起
此圖誠難繹君其姑少憩為君試細擘樹將掎廣廈鶴
將排健翮雪持濼若腸雲持駕君腋加君巍巍冠納君
几几舄鈍鈀豨夫襓鉡鏽滿鬚脊宵鍊試三招定把黑
卵蹬白我客鳩茲江瀠僦荒宅危樓支腐檻壞壁倚斷
鵑小港喧吹蛤淤湖閙鳴蟈宿烟塞筕簷古苔滑龍龍

旅思入秋懷孤館獨寤擗賴茲盍簪衆班草遂莫逆競言周處士鄉譽頗藉藉明月湖前身白雲被偶謫毀璧止兩爭斬絲理百劇繕性敦孝友禔躬守圭璧說士肉輸甘好賢衣屐帶濟難覆盆漿郵困指舟麥金有劉又攫食任修齡索窮鬼已潛盲俠氣仍撐膈疾風知勁草嚴霜識貞柏持此氷雪心百折不可易放眼白嶁嶒拔足何過窄技每嘆五窮勇空躍三百奈何遑狻猾生面更獨闢僉云是不爾吾幼好攟摭望祲學青烏誌怪搜白澤端簽抗京管窺銜排甘石喚鐵慕郭休賣鬼羨定伯畫法兩宋派詩軌四唐格七絃琴聰琴五雜奕秋奕

簫譜月下修樂句燈前拍怒擲摩訶鋧莽捉典韋戟蛟
思水底刺虎欲山中射有時愛逃禪足白而髭赤有時
愛學道牛青而雞碧有時入深山蟲不畏毒螫有時泛
巨浸波不畏淵渚有時出門笑雙足履不借名或變鴟
夷買或涸陽翟飄蕭携破苦籔蕩趁大船錢塘看怒濤
荆衡覓仙液祕檢搜金繩高樓尋玉冊獨擔竹簦行一
亭復一驛獨拍銅斗歌一溯復一汐旅遊數十年肆意
訪烟客東海緬仲連北海思賓碩所求無一遇宛言空
媕嫿以茲廢然返揵戶窮聖籍茫然登無岸瞀然鑽靡
隙顏室已屢空阮途竟何適秋徑長蓬蒿霜風吹絺綌

志猶存鴻鵠行恥儕虺蜴問君味義根梳蓏于古昔道
真躭嚅嚌斯文仗持掖晝刺甫一投便若芥遇珀燭我
鳳腦燈啖我牛心炙叩鐘操短莛鞭駑借長策積疑為
君獻安肯尚脉脉縱觀區盍間斯理不易核烏何以踆
輪兎何以匿霸暘谷何以朝濛汜何以夕鳥何為而啄
獸何為而齧魚何為而呴蟲何為而咋狗緣何醉虎鐵
緣何飽貘鳩何反鵬笑鴟何反鵷嚇何屠釣而姜何魚
鹽而鬲何貧夭曾史何富壽桀蹠人何甘如薺我何苦
如蘗人何潤如脂我何乾如腊煩君開愚昧一一使氷
釋晛見雪盡消風逐雲無迹九皋鶴可鳴八極劍可斥

紉我烏匼巾蠟我露卯屐把臂隨入林索塗兒冥擿庶
用裁華離敢不奉摫鋠余聞忽大笑君言何嘖嘖威鳳
喑在㲉小鳥乃格磔騏騄縶在柅駁牛乃負軛如君氷
氏子挾術本難熱速請將此幅碎之如裂帛斯暮眠食
甘出入笑言啞揩頤看苔岑企腳卧苽席秋江澹晴空
試與邁阡陌紫葛晚踈踈紅蓼朝搣搣雲羅冒罥椒欐
椏窗如簣正足乘輿佳安暇探理頤歌勿悲五噫酒且
沽白盃圖南知爾將欲東門吾亦

留别汪琴山六首

青鸞處瑤臺自啄玉山禾顧影獨飛翔朝夕琅玕柯有

鳥集其林翩羽耀光華引吭鳴歸昌如簫清以和音協響斯應同聲豈在多鈎輈語蒙薄爭食何其譁

古人重一諾生死不相移末俗結誓言捥臂或忘之千載重管鮑不傳昧雉餅餘耳光厥初晚節誰克知紛紛車笠盟徒為後世嗤

良朋數晨夕賞析有至娛辨難剖微茫亦以破專愚如何文字交投報惟貢諛翩翩夸毗子無乃多所誣古人丁敬禮惟君庶可乎

蟂磯波疊山牛渚烟橫墨與君登江皐懷古心惻惻盈盈衣帶水六代重關塞興亡不可問往事空如織獨有

謝家山千古青無極

文字苦俳諧酒食强徵逐豈知同心人懷抱各有屬我猶雞隨羣君將鴻漸陸星淵從此異相見未可卜庶幾崇令名姱修以爲助

津亭多悲風我馬鳴蕭蕭執手愴别情相對各不聊昨夜斗酒會今日晨風飄晨風翔寒雲失侶難自驕何以慰相思疏麻寄瓊瑤

江上登樓

木落楚天秋羈人獨倚樓寒雲迷遠岸野日送孤舟書劍一身老關河千里愁空灘眠食穩江畔羨沙鷗

琴魚歌 有序

涇縣逆旅主人以琴魚點茶巨首小身浮動水面有呴沫搖尾之狀余感之而作是歌

冰甆馥馥乳花香蟾背初入蟹眼湯主人捧甌客擎將
巨鰓纖尾鬐鬣張紛如唫喁戲迴塘隊隊撥剌翻荇蒻
金匙到手不敢嘗恐是咒龍鉢中藏神物肯入凡夫腸
噓氣一怒不可當吾聞琴溪波瀰瀰傾城三月縱水嬉
仙人驅魚出石穴十里罾罛喧淪漪風乾日炙入包貢
青山綠水無歸期捭杯輟飲三嘆息仙蹤杳渺尋無極
七弦泠泠不可聞三十六鱗空相憶吁嗟微物爾何知

虛名一誤難終匿君不見翳藻潛苔老歲年春波何限

洿池鯽

諸同人集飲寓齋分賦得酒鱗二首

酒龍心事托微波偶學揚鬐向玉盃甕底自能噓氣上
筵前且喜受風和蛆明碎影紅皺縠蟻泛輕紋碧皺韡
莫飲欸中燒後散浮沈尺素此中多

崑崙觴昔羨如池魚服年來困不辭涸轍誰能潤升斗
醉鄉聊復作之而金船浸月生微浪玉盌含風疊淺漪
蛇影半生驚未定休教杯底更相疑

自新安赴姑孰使院呈雙有亭學使六十韻

嶽做生申瑞星瞻降傳光傳家隆黼黻華國富文章綵
仗烟無際花磚日未央影纓軼袨曳題桂邁田郎
特眷金閨彥頻操玉尺量淮壖卿月麗江步使星煌
盛治隆敷德
皇猷重省方歌衢黃髮擁引領翠華揚帳殿神先習蓬
門臂競攘詩皆工短李賦擬獻長楊去聖勞揮郢鈞絃
待徇襄眾流奔海若曠野遏雲將咳雨鴛俱畢嘶風驥
早驤籠忻得參先識訝躍鱒魴珠定探驪頷鷺偏憶蟹
筐漫勞鍼爲銚竟欲距投鋩說項知雖屢推袁未易當
如何煩驛使不惜召傖荒賦本輸王粲書難效孔璋盧

詎條自弱管轄膽終、恇坏鑿思潛遁車驅已促葬感知
情奮熱顧、影意蕭涼自昔謀甘旨何心戀稻粱辭親緣
負米失母類銜蓋茹痛離苦由遄征攬轡韁空攜王博
葬忍撫殘公瘡封鮓徒揕憶尸饔詎復望春暉已泉壤
乾陰更參商冷署獨羈宦頹齡入抱徙濕衾心孔棘垂
橐計焉遑未免非珍之羞于獨立強衰顏隨杖屨舊侶
集膠庠曝簡晴開篋芸爪曉踐晥庭筠秋筍碧籬菊晚
英黃、雞柵修須亟鶉衣結未妨帬牏勤澣濯哽咽慎、周
防對鯉眞、愉婉烹魚忽駭惶幾句纔聚首此日復沾裳
箬嶺、遮愁眼漸江繞恨腸窮陰當短至獨客走殊鄉披

霧邅迴徑銜泥町畽場懸崖攀鳥室險磴逐騾綱土俗
勤腰臘叢祠賽虷蚄故畦收荸栗高壠下牛羊樵唱聞
邪許鈴音聽戾岡有時頻侘傺無境不蒼茫楊葉洲邊
雨梅根冶畔霜羈懷愁浩浩江勢渺湯湯水陸兼程邁
關山隻影忙斧冰朝飲馬踢雪夜登航噤瘁枯膚皺凌
兢瘦骨僵飢烏鳴獨木凍雀蟄深篁密霰斜飄牖昏燈
短挂牆酒思缸面熟火愛竈觚煬側帽青山近揮鞭白
道長旌門森翠戟鎖院肅階廂好下陳蕃榻同陪庾亮
牀龍應驚李老虎肯媿蕭娘蓮幕誠多樂蘭陔未遽忘
新安天外月回首重旁皇

不寐

緬然愁不寐獨客自傷神薄酒難留夢寒衾不戀身苦心驚異日甘寢羨他人側耳荒雞曙前途更問津

懷汪琴山戴櫂師

撲面寒威酒臘沽江城重到嘆羈孤分箋憶昔訓佳句襆被何時赴上都並馬長河朝與渡聯衾短炕夜圍爐憑君莫話閒居好雨雪征車亦載途

喜晤吳荀叔

人生易離亦易合此中誰實司其權離如落花雨後散合如遊絲風中牽前年與君離淚灑青溪烟今年與君

合笑對青山顛青山雪後點碎玉糢糊上接滄浪天君

携才子筆旌門一日詩百篇宮袍直奪李白錦珊瑚不

玩湘東鞭明年

天子呼上船白雲黃竹賡瑤箋粉郎香尉堪差肩丰采

奕奕映貂蟬大勝寒爐擁敗絮喧豗讕語空誕譚我今

閒置如窮袴鷹鸇絛鏇鳥棲籤孔闘聲名竟何處謝家

空宅寒烟暮草草燈前三兩語從今便作牛與女分手

恰如春夢回茫茫蹤跡尋無所

與金純一夜話

偶向大涯並翮棲倚闌心事總淒迷雨停隔院歌聲細

風入盧簾燭影低共話客愁牀上下各尋歸夢路東西
流光轉眼成新故鴻爪年年踏雪泥

姑孰使院同李嘯村吳荀叔韋蒓仙周朋薦金純

一守歲

揮玉瓘倒銀甖祝君長生歡太平（借用楊羲夢中諺語）丈夫意氣
何崢嶸肝膽忽向樽前傾況今海內庶政明
廟堂側席求羣英諸公各各操香名流詩任筆紛縱橫
江干春風吹幔城綺裳聯袂迎霓旌如火赫燿鏡澄泓
吁嗟誰實爲吹瑩按木呼繞牀走渾花惡彩隨君手區
區勝負竟何有且盡一杯知已酒莫問檐前杓轉斗飽

啜粥益高酣睡氊牀厚不知歸夢誰先後何限寒窗風雪人一爐商陸殘灰守

題韋菊仙翠螺讀書圖四首

清露滴寒松孤鶴夢未了中有苦吟人獨坐江天曉

泠泠清磬裡一逕入雲偏夜半寒潮落高樓人未眠

江月虛檐白漁燈極浦紅蛾眉亭不見一半在雲松

問渡酒仙樓停舟和尚港可許執松枝入座爲都講

自姑孰歸新安留呈雙有亭學使兼示韋菊仙吳荀叔

遊子感令節浩然動歸心欲語復踟躕哽咽難自禁親

舍魂夢長客途恩遇深顧我無兩身何以遂幽恍丈夫
重知己一諾輕千金奈何負夙約棄之等遺簪艮友相
譙訶瑣瑣陳規箴主人獨見憐太息聞越吟覲省誠所
急諒難久滯淫慷慨命輿僕送我歸山岑握手勸加餐
相顧各沾襟延目蒼垠高羨此隨陽禽

宛陵道中

清弋江邊路籃輿此重經野航鳴急櫓山鳥落修翎春
草桓彝墓晴烟謝朓亭躊躇意何限空翠晚冥冥

發南陵縣

漸見梅花發春風客路長驛樓何處問春穀故城荒古

洞飛晴雨寒流帶曉霜莫登高爽樹臨眺總蒼茫

遊水西寺

兀兀平肩輿行行沙水際招提叢樹中雲日相虧蔽素心愛幽尋泉石多留滯連年盼靈境欲往苦無計乃知車馬客難結山水契今春首歸路遂跡謀所憩山驛喜春晴薄嵐染衣袂暫與烟客親頓覺塵容蛻泠泠鐘磬音入耳生定慧安得結柴荆長此棲薜荔醒醉三日遊前哲庶可繼

霧中過新嶺

高嶺陟千仞濃霧迷五里擘衣去地尺側帽近天咫時

聞泉潺潺徵見石齒齒前侶駭乍無後件疑中止置身
混茫中冥想天地始嗟哉七尺軀太倉貯稊米飛昇慕
天闕巨泛尋海市乘蹻遊虛無仙路更誰指空外自了
立大抵不過爾日出霧初散林烟疊幻綺乃知身漸高
矍矍屢回視羣岡堆埴塌破碎不可紀

晚步平等庵

蘭若荒城外林巒勢糾紛高標棲落日古塹納歸雲松
徑當門直溪流到石分沙頭爭渡急人語隔烟聞

初至妙華禪林與周仲偉宿

春山輕陰飛碎靄濃翠點點浮巾衫屏跡偶來僦荒寺

有如踉位逃空嵌黃紙帽籍白藤箋𢿛衣殘卷紛相儳竹兜斜轉石逕仄忽逢好友穿松杉欣然擘袪入叢薄共躋巀嶭趨深巖野梅當戶僧獨倚山果挂簷鳥竊啄蓮座牂肛蹲獅犼蘚磴滑澾騰礨巖入室頓覺俗慮靜如磢宿垢刮黯黮山蔬野蔌供淨饌塵土腸胃洗饕饞禪林布衲足奇燠卧對土佛身䆴䆗鐘鳴枕畔忽報曙披衣相視一笑𣢟君看此境頗不惡何必蘇堤十里張春帆時仲偉談西湖之勝

春日山寺讀書十首

闊山辭跋涉息踵到禪窩不悟浮名累那知淨理多形

骸爲我用笑語得天和從此任甘寢休爲勞者歌

招提塵境外囊襆信淹留土脉春初動山容晚更幽白弓滋藥圃十笏繞花樓不羡松喬侶方蓬汗漫遊

酒豈延陶令房聊借贊公窗雞呼蹋屧簷鐸喚東東澗底薔薇白岩邊躑躅紅山花隨意插不遺小瓶空

六根疎籬畔春畦帶野花輕烟催午餉小雨種辰瓜乳犬知迎客雛僧學點茶不知開士宅疑是野人家

傑閣俯回汀千山列畫屏閒雲歸石竇新蘚上鐘銘愛讀高僧傳閒抄小品經重檐春雨暗盧白號疎櫺

觀境悟真如棲心淡泊初一紅鐺底飯七白澗邊蔬經

粲朝臨帖禪燈夜校書饋貧資典籍饘粥任無餘

古刹依青嶂閒庭長綠苔遊僧打包去村女鬮錢回花

落簾猶捲雲歸戶未開足音空谷少淸晝獨徘徊

敗簀破垣內栽田憐桂琛青疇鋤麥浪白水插秧蔵稚

響喧頹澗廚烟淡遠岑何時對彌勒新釀許同斟

幽居屏人事節候漸相催紫愛楊梅熟紅驚芍藥開溪

光生薜幄山氣潤蓮臺晴日當簷午前峯已轉雷

不用買山隱休疑避地賢三旬歸覲數十里近城偏野

菜盈筐嫩溪魚入饌鮮庭闈無間阻獨處可經年

聞雙有亭侍讀除祭酒

江南春曉幔城開輦路遥頒

鳳詔來

帝澤深涵棨泮藻江浙兩省鄉學廣額使星先耀列街槐參天碑

立中郎篆拔地文成吏部才他日摳衣趨館下飽看石

鼓作歌迴

同吳菌稽吳拱芳集飲方東萊齋中聯句

犯星槎初迴吳亼菌稽淩雲賦已獻棣萼競菱荴金兆

燕鍾越薛幄堪纏綣小室對遙空方儻東萊良友得嘉

遯編枳補疏籬吳覔拱芳滋蘭布廣畹芍藥舒異輕亼

茶蘼縈弱蔓浴露香有餘兆燕豕日色未褪階因碧蘚

滑儻池借白石堰綠竹千萬个寬紅魚一二寸翠濤紫
霞茶亾黑顆青精飯欲逞詩陣豪兆燕先鬭酒兵健策
事搜冷僻儻射覆禁淆溷席糾禀官箴覚觴政嚴國憲
巧舌奇葩攢亾利口懸泉噴預愁險遇坎兆燕先乞命
中弢各思磨刃銛儻孰肯甘槌鈍乍快泚水捷寬仍慮
平城困戟手逞雄家亾卷舌甘拙愿戰酣罷偏師兆燕
雅集破羣悶雨潤弦音遲儻風引歌聲曼對枰試手談
寬揮塵袪目論城同含衛遊亾標似畏壘建幸共一日
歡兆燕盡釋三春怨受命夢欽父儻啓慧胸生卍百斛
烏獲扛寬千里欒巴噀空自好大言亾何時償至願雞

舉道自高兆燕孔誠儒不愿索米羞侏儒儻裁袪恥負販且與耽蕭寂寬庶可蠲塵坌遐煙考墨譜亡借書持酒券（東萊以家刻墨譜贈余余向京萊借太平御覽）尉腹局何淯兆燕歷頤杖屢敦真堪縱鶴飲儻何事羨麟楦提壺更明朝覓好鳥杖頭勸亡

題汪王故宮用古城巖石刻韻

貔貅十萬六千兵宮殿參差暮靄平堪笑虬髯貪一局遠從海外據孤城

山中晚晴

天空飛鳥沒雨過片雲閒一抹青無際松蘿山外山

贈華亭程叟老松二首

泖上朵尊客香名人共知五茸垂耆舊一陸倂真師花月樽中酒雲山馬上詩布衣能著述應不負清時

偶結忘年契壺觴一水涯閒情堪共寄小住且為佳緩棄牽歸夢闕河老壯懷扁舟三泖曲何日訪高齋

碌碌行

碌碌復碌碌羸牛無健犢良人販東吳小郎賈西蜀秧根槁作灰市米貴如玉新婦拔舊釵城中糴官穀側身萬人中豪吏怒驅逐不暇顧赧顏但幸免飢腹倚牆至

日暮垂橐無握粟歸來櫟空瓮稚子猶索粥老姑無完裙獨坐空田哭

贈藥根上人二首

丈夫不得志乃作方外遊今君何爲者溷迹隨緇流鐘磬詎有情恐難寫我憂不如味義根聖賢庶可求瓊玉惡點蠅蘭槐畏漸滫側身天地間勉旃慎所修

古人亦有言交淺忌言深自我聞君名千里久傾心神合已膠漆對面寧苦岑所愧見道淺無以爲規箴他日折疏麻好寄雙樹林

椶亭詩鈔卷之四

曹守堂畫松歌

全椒　金兆燕　鍾越

我昔振衣天都峯左顧臥龍右擾龍仙人手持綠玉杖引我乘蹻遊鴻濛歸來凡骨盡解脫謖謖兩腋餘清風曹君性癖躭縑素結廬黃海雲中住高提勁管一尺長腕下不肯生凡樹興酣潑墨墨欲飛怪鱗皴皵蒼髯豎錦題一軸裝潢新遺我爲我驅炎塵蕭齋展放未終幅寒風冷色來趨入昔聞古老言評泊何紛紛趙昌寫花形徐熙傳花神千秋優劣難具論何似無花老幹入雲

上形古神淡全其眞玉鵐叉金絡索高懸畫棟牽珠箔
著壁疑生千歲苓窺簷欲下九天鶴碎粒枯釵不計年
陰陰冷翠空中落一枕秋堂孤夢回忽憶驚濤萬仞軒
轅臺

吉傳埜夜過

新月出庭樹幽輝照我牀晏坐疎竹下晚風生微涼籬
根一犬吠林際衆鳥翔有客叩我門衝烟轉蘭塘數語
何匆匆燈火度前岡把袂一相送淸露沾衣裳歸來不
能寐中夜自徬徨

同程老松周仲偉古城巖觀魚分韻得道字

古城之巖聳奇峭深潭百尺翠影倒中有巨魚盈百丈揚鬐鼓鬣爭擺掉紛紛大小聚婢朘沈沈幽窟作堂奧呼儕挈偶不避人雲根沙觜任擲跳霧裏時聞撥刺聲月中惟見晶光耀鱗爪之而忽怒張居民不敢輕罾罩有時粔籹撒波中騰空爭食如飛鵠君不見壺公之杖陶公梭風雲倏忽呈奇貌禿尾槎頭聚族居嗚呼此魚何足道我來潭上一長嘯何處江湖堪遠釣韓公未免蘇公笑

雙有亭祭酒以詩招同遊黃山次韻奉詶

山城多秋風爽氣出林藪幾載探幽奇勝境庶不負我

峩天都峯雲外靈蹤剖淡碧摩高穹晴嵐滌宿垢衆山自羅列一一覽粗醜佳遊憶昔曾仙骨終難有輶軒使者來烟霞供領受浮邱與洪崖盡作素心友忘分乃作達憶余獨已久泠露下高梧落日照疎椰相訂踐宿約高嶺一攜手樱鞋赤藤杖欣言獲所偶先期戒山僧早設淵明酒

送雙有亭祭酒遊黄山叠前韻時余以他事牽沮不果同遊

禽尚作言鯖松喬助談藪夙性癖烟霞此志肯虛負況逢秋氣佳山容豁新剖選勝聞有期振衣如磢垢騰木鞠傒憨披蘿石丈醜一一預馳思遊神無何有堪歎俗

胥屯山靈屏不受忽逢塵事牽空賦卭須友送君入雲
去空岩侘傺久尻化難爲輪肘掣如生栁勇登請掉臂
回顧勿招手拍肩更把袂前路定有偶使星人不識且
飲缸面酒

古詩爲新安烈婦汪氏作

醴泉必有源芝草必有根荆山剖良璞異光燭乾坤我
友汪洽聞賦性樸且惇養母能篤孝孝名著一村一男
三女子食貧朝復昏訓之以古誡教之以敦倫長女失
所天矢死不再嫁幼女初適人婉順播婣婭次女生最
慧早歳能詩書手緝列女傳温惠與人殊笄年歸夫家

綦縞甘糲粗舉止必端正鄰女奉楷模事夫未數載夫病遂纏綿女心日如焚蓬髮局且卷南市謁醫藥北市卜筳篿歸來坐床頭一燈昏不然中夜四壁靜斗杓明高縣女子跽中庭涕泗獨漣漣願天減兒算必賜兒夫痊執手問良人有語囑妾無良人瞪目視拊枕但長吁生死從此隔勿復多悲歔女子垂涕言自我事君子偕老本初願詎復殊生死君今但先行妾豈久留此晨雞方三號白日慘無光陰風入庭戶颼颼吹衣裳鬼伯何催促不得少傍徨女子淚洗面車輪腸九迴三日爲營奠七日爲營齋北邙宅幽宮千年不復開彳亍回里舍

檢點舊裙襦絕粒臥空牀酸風冷徹軀阿爺向女言汝志既堅決所悲頹齡叟頓使肝腸裂阿姊向妹言爾我命何屯昔爲三株樹今爲霜草根幸無太自苦少慰泉下人阿兄前致辭一言試告汝守節與殉節理一本自古女子啟阿爺兒已有成言此言不可食勿復強遷延瞑目遂長逝奄奄赴黃泉聞者爲歎息見者爲悲酸灼灼桃李花繁霜萎春日苦竹抱貞心根斷節不易我聞新安郡自古產大賢理學炳千載饗宗隆几筵陵夷至靡極道學空言筌升堂爲都講躬行或不然安得此女子慷慨殉所天乃知本庭訓身教已有年今人自教兒

但知圭組妍蕭娘與呂姥往往遂比肩試與言此女安得不汗顏

歙浦魚梁

溪聲過石喧雲容出岫靜白鷺立移時看足青山影

贈鄭松蓮處士兼寄鄭紺珠一百韻

旅館空山裏敲蒸溽暑滋疎桐垂曉露修竹蔽朝曦曠野方追魃閉扉獨守螔趨庭慚倰僜倚檻愛嵾嵯徑爲羊求闢舟因李郭維姓名耀綾刺眉宇映緇帷白鹿仙車下青猿野僕隨嵐光在襟袂苔色上絇綦信匪緣徐福誰能逐沈羲時汪薌泉皆至不須嘲褦襶且共對罘罳洗滌

呼㽄宰燕熬召餅師瓜犀紅歷歷蓮菂碧離離瓦甒調
香醬冰盤薦蜜鰊藤花新釀注槐葉冷淘籭寒饌當軒
設濃陰傍戶移七輪輕扇動六幅小屏攲苗席鋪平礎
蕉衫挂曲椸短棚紫豆蔓長柄執松枝且喜暑偏冷何
妨門號謻清風生列牖爽氣入連篗矯矯九天翼汪汪
千頃陂高談紛嚼麝密樹好聽鸝秋士原多怨冬郎未
易追漫叨青睞顧便欲縹囊披延露難為聽皇莠只自
嗤循牆惟傴僂攬鏡愧仳催鼠璞勞磨錯蟬匱借輓推
揮斤逢郢匠發藥遇秦醫纖垢瘢消玉開蒙目刮篦當
筵欣割炙窺甑已成糜促膝情彌洽飛觴酒屢釃新歡

深纏綣舊事重思惟憶昔騎羊歲初當跨鶴時甫能寫
驢劵未解撰雞碑得從嚴君後聊爲孺子嬉單衣侵露
濕匹馬向風嘶偶繫邗江艇因過后土祠無雙瓊蘂燦
何處玉簫吹俊逸參軍賦輕盈帝子詩等身書自課入
眼景無涯芍圃雲千朶萸灣月一規拋埥循蜀嶺弄戟
上隋堤白老名多忝黃童譽未馳敢言錚若鐵空笑鈍
如槌志欲乘風舸辭難製月儀應題門作鳳孰認石爲
麒忽遇吳趨客言分谷口支雞壇羣雅集牛耳大盟持
周變罔初陟王充論欻窺沈簾觀巧織劉耗拾殘麓東
縛從羈絡裁成就鉱攬抄書懷餅餌問字載醇醧竹徑

猫頭筍蘭塘麂眼籬褭鍾清映水側理潤凝脂祕牒探
津逮狂歌倒接羅靈葩攀四照瑞露咽三危更誦紫雲
句旋驚黃絹辭笙簫鳴彩鳳珠玉剖文魮壁壘渠幨固
光芒螢炬爔弸彪敷典誥闛鞳震蘖䶂色駭心皆動神
驚目盡眵直將摩屈宋詎止駕陳隋既嘆文河壯還怵
筆陣奇丰姿疑杜度氣韻想張芝之天上五雲曉山中雙
關垂機長摛簏縟製古對尊彝竊幸斑窺管何當繡買
絲推袁洵匪妄訪戴肯教遲況值車塡陌奚難履進圯
遥情瞻碧漢遠操望丹崖參戶方投謁張帆已莫縻空
勞尋霧市誰為挽雲旗相失眞交臂長懷獨拄頤緣慳

逢石髓恨重斂山眉駒隙光陰駛萍蹤聚散悲一鞭歸
里閈萬感積心脾善化輪猿鶴能仙羨鹿麋美人嗟日
暮季女嘆朝飢寶氣光生劍銛鋩穎脫錐駑筋安羈絏
怒鬣尚鬖鬚筆未荒畬墾書田儉歲畋抗顏蒙詬病影
質畏瑕疵鬼笑劉龍拙入言侯霸癡傲禪寒衩初局室
閉嚴豼屏匿牆東迹蕭條竈北炊循陔晨負米捽茹曉
烹葵歲月愁中疾精華夢裏萎心同猻入袋身等鳥黏
穲吳市潛梅福余返里後紺珠亦歸吳門揚州老牧之謂廣陵諸友書題
頻悵望雲樹繫相思桐叩聲鳴石槎乘路挽紱駈車隨
旅宦躡屩負輕齎箬嶺青橫巘澌江碧繞碕應懸留客

楊擬過學書池帶束草堪結袖攜經可摘何圖乘潑茶
先爲耀茅茨烟駕神雖逸雲將志未嘹山寵終隱豹夢
自叶非影二惠知同爽三徵定有期寸膚黄海合霖雨
看瀰瀰

寄題戴稚圭霞山書屋四首

結廬幽境裏庭戶絕氛埃山果傍簷落野花緣砌開溪
光將碧去嵐影送青來永日虛堂靜牆陰長綠苔
檀欒修竹影屋角弄幽姿琴韻穿花細書聲出戶遲髮
牀清瑩水苔紙潤凝脂小閣疎欞暗方輝晚漸移
繞枝棲樹鳥隔巷吠花尨月浸蘆簾半雲封竹戶雙松

聲喧到枕梅影靜當窗企脚巨𣏾畔春醪瀹小鈺

矯首新安月清輝恰正圓懷人孤館夜遥夢落花天鶴

吹聲聲好雞碑字字姸他時如訪戴風雪莫同船

夏夜次謝金圃舍人韻

金圃舍人今厨顧盪胸滌臆靡俗務懒居先謀築客館

下朝不屑治家具我來京華值歊熱兩輪撲鹿塵滿路

赫曦灼膚不可耐未能即次先窘步屋烏感君推至愛

片言執手見眞素槐階濃綠足清曠紙窗虛白纔幽婷

酣吁肯容狂客狂甘寢儼署寓公寓下榻已無燥濕慁

寄巢且喜風雨除逢人便道此間樂歸夢邅迴未忍去

人生踪跡眞萍蓬知已相看且小住墨突休嗟黔未能
顔室何妨空至屢但令讀書無市喧敢言挾策思巷遇
五字英才君夙擅積疑相質定我語微風忽度隣寺鐘
清露欲濕

御街樹納涼深夜坐不辭聯吟請續韓孟句

七夕擬樓上女兒曲

金風淅淅銀屏冷樓上女兒夜未寢瓜果中庭濕露筵
北風裙帶還羞整機杼年年奏七襄分明别淚不成行
聘錢枉向他人貰梳裹難爲時世粧人間郭翰休相憶
嫁與牛郎足靈匹癡絕雙鬟梁玉清小仙洞裏終難匿

秋竹二首

當暑既不受宜秋倍可親此君真似我孤立不因人乾粉已全褪濕雲還自新瀟測無限意知爾爲蕭晨

雨後　庭竹秋來自有聲露寒知葉下月朗見窗晴漸覺蟲鳴急還宜鳥夢清涼飈來枕畔獨客若爲情

贈周東皐二首

把酒登高節相看一奮髯空吹反潮笛難覓郤寒簾心跡君堪共窮愁我獨兼冰壺原自潔況對水晶鹽

累爾疲記室散帶作參軍對影明如月逢人癡若雲嘗巢鳩本拙移穴蟻空勤何日歸書圃三餘自誦芬

壬申冬日初歸感賦四首

倦翮爰居且避風休從海上問方蓬三年鼓瑟難諧俗萬里持瓶只餉空遠道客歸霜信後故園秋老雨聲中枯荷一片寒塘晚柱向天涯憶碧筒

霜林楓槲襯朝霞歸櫂初停軋軋鴉且喜藍田頻種玉新得次兒玉驄何須紫陌更看花天梯月滿神仙窟石徑雲封處士家漁弟樵兄無恙在衡烟好與話溪沙

崎嶇仙路接瑤京十二闌干盼碧城世上鶩籠窒刺促天邊鸞鏡自分明厄惝琢玉終無當局近彈棋總不平覓渚稻粱謀易足燕鴻何事苦長征

枇杷一樹晚花稠簾捲爐圍暝色收勝會氈爐人復集
高齋竹石景偏幽修容難入無雙譜作達聊爲第一流
臥聽糟牀聲滴瀝茅柴新釀玉蛆浮

晚菘分賦得鮮字

老圃秋深後青葱倍可憐根因逢雨潤味以得霜鮮倒
甕貧家菜傾筐小市錢伊蒲堪淨饌休更慕腥羶

登徽州郡城外太白樓相傳太白訪許宣平處

新安城外有高樓樓下長虹鎖碧流北斗遙臨仙觀迴
西風橫掃暮山秋宣平道氣堪千古太白雄才蓋九州
遺蹟祇今空悵望雲林烟嶺不勝愁

山行

薄雲弄新霽，爐煙出林莽。入山知早春，向日覺微煦。野梅臨水濱，幽花向人吐。沙溪冰已消，遊魚紛可數。夕陽爭渡喧，前村鳴社鼓。

次韻却寄沈靜人二首

相逢莫訝便遄歸，身似征鴻已倦飛。世上浮名皆幻影，人間真樂是庭闈。空將白玉思雕琢，悔遣緇塵誤染衣。從此深山堪息踵，行藏休與素心違。

清歌一曲奈愁何，贏得天涯感慨多。對月有時空侘傺，梯雲無術合蹉跎。遊仙小枕終成夢，變徵繁絃未易和。

自玩瑤函消永晝虛堂暝色上簾波

放歌示方東樵

君不見明月珠珠戸詩之徧海隅美人小璣亦耀賁寶光空自騰金鋪又不見豫章木木客求之入深谷大匠曲木亦運斤良材何日成華屋高歌向君君勿悲丈夫遇合會有期焦明振翮三千仞肯與斥鷃爭樊籬滿引杯中酒起看庭外花春風有意待披拂眼前霜雪倏谷嗟

汪宸簡園亭看梅即席分賦

繞屋植名花花光圍修弄曲廊轉逶迤暗香自迎送半

舫停暖雲一池消宿凍酒屢傾三雅遊敢希二仲客散
星斗稀小樓貯花夢

看梅次日家君以長句索諸同人和章並命兆燕

次韻

主人有酒不待索開樽邀我坐華薄香魂已逐暖風回
瘦影尚苦寒烟約入夢何來美人糚破蘚不嫌居士屩
曲徑雲根依篛笆小沼波痕上畧彴花光瞑色太糢糊
更從花頂登高閣殘雪白餘砌半珪斜日紅添牆一角
置身花上與花親衣散五銖香百濯衛娘眉細斂秋娥
蕚嶺魂歸倚胥幕緣幹蒼苔蝕更生爭枝翠羽啅復躍

饞眼捼挱恣飽看何異屠門快大嚼兩行畫燭照花叢
倚花一笑相酬酢酣叫盃防籬外知醉眠不畏甕邊捉
古人作達愛狂飲死生惟共舒州杓今我看花不醉歸
花間山鳥亦嗢噱妙香入夜沁詩脾細嗅應堪證禪覺
早春獨步眞絶倫天桃穠李休薰灼

借汪宸簡家藏水經注古本讀畢奉還賦此却謝
君家庋閣富經史墨莊書窟連雲起門對元夷宛委山
堂開仲郢昇平里初過城西獅鷹園含烟高閣柳絲繁
半池春水魚紋皺幾樹濃陰鳥語喧子雲亭畔牙籤矗
鄴侯架上堆千軸目眵海市駭飛濤頤朶屠門思嚼肉

一編未蝕羽陵蠹前刋桑經後酈注搜奇似駕宋雲褒
攬勝如隨章亥步聊爲殷勤致一緘敢便貪饕窮四庫
攜來異寶出荆山拂几扃門細意看小閣燈昏宵折壁
疎櫳日上曉忩餮道元千古注書手儁逸宏深靡不有
紙上砯崖怒浪飛行間激岸驚湍走勝境名區三致意
繪水鐫山饒遠致蜀道山川恣險巇吳天風景多娟麗
展卷堪爲宗炳遊一錐指遍神州地旅亭湫隘苦歊蒸
煩悶羈懷不可勝紗幬夢回愁白鳥葛帷坐久憎青蠅
獨對異書千慮靜何須赤腳踏層冰吾家舊傍淮南樹
幾卷殘書堪枕藉玉躞金題祕古歡別風淮雨耽讎誤

刈殘牧豎澤中蒲乞徧名僧腰裡瓠去年從宦入殊鄉
山驛崎嶇蹇衛僵雪壓旃裘攜襆被塵封繡贉弆巾箱
鄉心每憶新縑帙歸思常縈古錦囊符笑詅癡慚嘗濁
碑疑沒字總冥茫閱肆恨無洛陽市僦居愛住春明坊
珍重整書入君篋珠還合浦葆奇光倘許盡窺倪氏架
不辭更餉束修羊

隨家大人同程雪崖查𣏌舒汪研深吳松原父子
遊落石臺聯句晚與程吳二君登舟諸同人乘
月至下汝溪爲別大人用香山琵琶行韻作長
歌命兆燕和之

年來慣作天涯客干時到處悲竽瑟春風又買江頭船
有似翎笴已在弦江路小孤兼大別計程往返應淹月
檢點殘書囊敝衾更招我友需同發我友不來留者誰
行期屢易何遲遲相思幾日歡相見相邀且作嬉春宴
看花未免各銷魂賭酒何須曾識面溪頭喚渡聽灘聲
隔水山光已有情澗花巖草多幽思紛披似識遊人意
雲泉已覺滌塵襟筆墨更教饒韻事詩壘爭爲奇戰挑
勁弓長戟各橫腰揮毫颯遝如風雨那得讙呶更他語
急響箏琶錯雜彈妙舞氍毹轉七盤駿馬連鑣奔峻坂
輕舟銜尾下空灘險韻壓成歎奇絕轉遞蟬聯未肯歇

有時含毫幻想生空山寂寞不聞聲注目白雲隨意散
側耳黃鸝時一鳴詩成更把琅玕畫翠影沉波如熨帛
唇齾菩龕雨後青練橫石堰波心白紅紫芳菲滿眼中
春光畢竟為誰容喚天蹋地東家女長向荼蘼花下住
牽絲空欲綰雙丸煉石豈能塡九部萱草難忘獨處憂
倉庚不療同宮妒空谷芳蘭香獨抱成蹊桃李花無數
鼎鬻誰容過客嘗車茵未許他人汙回首長安天際遥
秋風明月成虛度山頭認白孰為眞水上洗紅能不故
竿木聊隨遊戲身栢枝休鬭娉婷婦從此江湖任浪遊
茫茫雲水隨來去聞道宮亭湖上船船頭五老曉峯寒

損舡直趨溢浦口楚天芳草滿江干獨嗟征櫂無時息
躑躅蘭陵重唧唧聚首庭闈纔幾時迴腸自轉無人識
今日佳遊莫與京酒兵應已破愁城欲去更看春水影
瀕行猶戀晚鐘聲穿雲共覓來時路半挂蟾魄東林生
回看斷石村邊樹燈火叢祠社鼓鳴開筵更剪西窻燭
樽酒未空須盡傾驪駒折柳都陳調一曲新歌君試聽
歌罷城隅悵分手波光樹影向人明千峯黯黮籠愁住
兩槳咿啞載夢行行起傍孤篷立月落前溪風轉急
子規深樹盡情啼似伴離人中夜泣輕舟暝戛石臺過
古磴無人花霧濕

夜下昌江石門

立莫笑背似駝臥莫嫌足如鶩小舟雖狹且安居猶勝荒岡踏草履波心疊碎月側岸穿曲流淺灘沙上弄短櫂隨意與之爲吏猶忽見兩片石屹立當我舟我舟屈折入其罅勁悍猿捷如猱猴怒水激其後飛沫跳浮漚忽然脫險乍得勢急矢一發不可留艙中三四人促膝各抱頭仰看月荒荒俯視波幽幽瞪目更相顧哆唇撋兩眸篙師箕踞發微笑郎君穩坐何多愁推有瀧瀬峽有黃牛千帆百舵來往無休但見轂塵大道丹朱轂白目馬奔車覆摧行輈

景德鎮

中夜不能寐，厲響聞機舂。豈惟頑石碎，我心爲撞舂。沿岸水碓舂石爲瓷，聲震人心。艤舟見朝霞，爛若金芙蓉。黑烟忽蔽之，窰障何重重。陶器古所尚，旅人有專攻。甄坯既有戒，苦窳不何供。奈何後之人，淫巧遂接蹤。汝青復定白，搏埴無舂冬。兩窰傜邵局，祕色珍柴宗。刑政苟不修，一器安所庸。試看老瓦盆，亦可餉村農。

泊舟方家塢口與程雪崖吳松原信步尋幽歸而有作

山氣日夕佳，渫雲展輕靄。息榜依巖阿，搴芳循水裔。野

禽囀清音古木布深翳繞塍波潺湲緣澗英瑣細崇岡日易沉孤村門早閉欲窮曲徑幽悵此頹景逝攜手尋歸途暝烟上衣袂

同雪崖松原圍坐船頭飲酒看月

明月出高嶺孤影澄碧虛清光能遍照客心一以舒跁跒勸深杯趁茲晚泊初草色隱頹岸烟光浮暝墟羣動各已息吾儕欣相於一醉企腳眠碎影紛籧篨

晚泊饒州

積水連天又一鄉春愁客思兩茫茫孤城劍去星輝在古寺碑殘草色荒津樹一行迷岸影漁舟幾點破湖光

芝山何處堪携酒五老空亭對夕陽

夜渡彭蠡

衆水春方滙孤舟夜未停澄波生積白暝岸失遥青火認康郎戍雲迷孺子亭伴人有陽鳥清夢繞沙汀

滕王閣

千年高閣此孤騫不共闤闠雜市喧星切斗牛光欲落波凌章貢勢堪吞西山落照昏當牖南浦歸潮夜到門安得經年江渚宿落霞秋水訪吟魂

旌陽眞人鐵柱歌

洪濤翻天聲如牛老蛟獨抱愁潭愁仙人夜鍊癡龍骨

銅奴錫婢紅烟焠可憐不作繞指柔土花鏽暈埋千秋
坤輿三千六百軸巨鼇不動春波綠莫學開陽夜半飛
西山月落星斗稀

孺子宅

夕陽明頹垣影落東湖水感此蓬蒿宅千載留荒址古
人礪高節富貴同泥滓終身食其力疏糲亦甘旨飢驅
乃叩門撫心愧高士

贈許沛田

章江濤嵯峨西山兩滂沛生平愛奇觀斯遊實爲最所
恨仙蹤渺懷古歎無奈安得登簫峯長往謝塵壒不聞

八琅璈乃噉三斗薤涸跡蟪蛄窟自覺頭顱 怪憤對車
騶飲狂向石丈拜横睨眼中人吾意何曾介出羣乃有
君偶語便稱快讀書身可等論世心靡礙籍定注緋羅
名應勒績莪駢鈞厄英韓屠販困膠太碧翁久夢夢君
其勿多慨努力自束修屈小必伸大握别一贈言春帆
破空靄

吳汝蕃招同吳蘭穇飲郎同過二聖院入豫章書
院訪汪犨雲不值晚步灌嬰城歸

醉餘同散步一徑入林斜古寺藏奇樹頹垣出野花雞
窓虛座冷雉堞晚雲遮更訂重來約空洲記淺沙

贈羅菊坪

偶然一櫂艤宫亭顧我惟君眼獨青名社文章傳海嶠
小樓烟雨枕江汀看花載酒春山暖買鮓行歌曉市腥
更上匡廬峰頂望人間應有伍喬星

次韻贈汪彥升二首

活火紅爐煖玉杯衝寒重訪讀書臺雲痕向日難偕伴
梅意知春肯後開顧我只堪儋鹿豕如君眞不久蒿萊
漢家宣室求賢急况是明經拔萃才

直北關河指
帝京茸鞦鶴轡總仙程負薪肯效朱翁子題柱羣看馬

長卿文筆談經應折鹿錦囊裁賦更呿鯨千秋獵碣遺
文在爲我摩挲一寄情

得仁趾叔書

灑淚一爲別雲山俱渺茫相思五六載纔見兩三行涉
世天懷減離羣舊學荒瑤華何以報矯首自彷徨

椶亭詩鈔卷之五

全椒　金兆燕　鍾越

讀汪葦雲魚亭稿即次其首冊述懷詩韻贈之三
首

人生如飄蓬隨風爲合離關山萬餘里遊子將安之赤
日遙嶺墜洪波天際來一櫂宫亭湖獨立空徘徊浦雲
暗畫棟江月冷荒臺懷古信易感大世眞難諧俯仰天
地間所遇何其乖江山留宿因客子休悲辛欲爲嘆唶
歌且訪嶔崎人

巨翮翔焦明異光掞長離生當文明世顧影揚朝暉歸

昌鳴未和引吭忽自悲奈何處榆枋日隨鳩燕飛古人
重桑蓬行役周四方不惜關山遠所悲鬢髮蒼石室貯
青髓玉臼凝元霜若士逢盧敖相攜層城旁
我生歎寡特鳴原羨脊令灌夫以爲弟袁絲以爲兄每
求海內士屢爲千里行豈敢竊聲譽將以託性情誰謂
文字交不足要平生春風孤館寒落月沉西山相顧每
相失作合何其難竟夜讀君詩明當覿君顔

贈吳叟星濤

叟年八十自言善導引術嘗夢李白授以青蓮
花盎遂號蓮盎老人蓄盎甚富座客稱之大

小取以供飲焉

春老名園綠漸濃江山隨意作清供桃花苦向愁中落
蓮盋偏能夢裡逢此日壺觴聊笑傲何時鼎銚許追從
莫辭共作天涯醉我亦人間號酒龍

醉盋圖歌

蓮盋老人既邀余作醉盋會復繪醉盋圖爲贈
歌以酬之

阿難持應器循乞舍衛城丈夫不自食乃爲沿門行不
如枯坐飲米汁瞢騰入定觀無生采石騎鯨去已久舒
州力士鐺杓朽夜半傳與非無意南能北秀休狂走君

爲醉盃會更作醉盃圖盃中清淨蓮花宅醉鄉日月無
朝晡聖千鍾賢百榼大家團圞頭各拓一盃恣飲㗖醉
中喚起謫仙人擔覆錦袍眠一榻宣城紀叟今絕縱苟
媪空山冷五松休問李白復李赤且向池邊醉碧筩

鄭漢草招集章江酒樓

楊花落盡春事休孤館客子空坐愁方寸五嶽不可按
拍手且上酒家樓人生有似章貢水偶然合併相沈浮
洪崖匡俗賸遺蛻太真孺子留荒邱古來賢達竟何在
西山山色春復秋滿引頗黎盞痛擊珊瑚甌休聽暮鼓
喧城頭明朝分手挂帆去空對亂雲飛處琵琶洲

寄呈家大人

遊子他鄉總斷魂，聊憑歸夢侍晨昏。雨餘竹逕應招客，聲過餳簫好弄孫。未解春寒休拆絮，偶貪午睡莫當門。閒庭獨立消清晝，綠染新蕉又幾痕。

洪州小樂府四首

郎住逍遙山，妾住娉婷市。落霞與孤鶩，夜夜章江水。

莫羡估客樂，西江風浪多。拍手青山外，共歌藍采和。

采葛入西山，種蔔傍東湖。欲飲丁坊酒，郎從何處沽。

與歡爲春遊，莫待桃花落。朝登列岫亭，暮上秋屏閣。

雨棠園訪隱樵上人不值

小巷團蕉屋春風自掩關花開空一院錫響到何山衣裓雲應滿經牀蘚已斑莫貪桑下宿結夏好遄還

東林寺

白蓮池中水泱泱新荷翠葉大如掌暖風吹烟山氣晴荒村伐竹深澗響老僧據地補壞衣客子入門息塵鞅陰陰破壁苔蘚生寂寂虛堂窗戶敞臨風空吟陶令詩拂塵獨拜遠公像杖策徘徊過虎溪塔影鐘聲空惘惘

琵琶亭次唐蝸寄榷使韻二首

遙嵐雨後數痕加九派寒濤走浪花小閣停雲誰顧曲空灘貫月自浮槎棲烟野鳥難成夢逐水閒鷗不着家

江氣蒸衣渾欲濕非關今夜聽琵琶
偶停孤櫂倚江樓隔岸家山入望幽豈有文章誇倚馬
但留蹤跡欲盟鷗三春客裏芳菲節千里天涯汗漫遊
楓葉荻花何處是黃雲一片麥先秋

長歌呈唐榷使

江風吹雨天冥冥攬衣獨上琵琶亭遥峯冷翠濕淺黛
依稀司馬秋衫青潯陽九派寒流駛荻花楓葉空遺址
丹艧俄看傑閣新旌麾兩度照江水我來亭上自徘徊
千古誰如公愛才麗句繽紛香粉堉名流屓屃水松牌
僕也飄零感遲暮烟波浩蕩隨鷗鷺一棹寒迷嘅口津

三春飢走鄖陽路溢浦輕舟入楚天衡陽幾點盼湘烟黃陵祠下昭華琯青草湖邊鹿角田江花江草無終極征帆一片紛如織誰抱檀槽金屑文風前哀響穿雲急君不見李牟笛又不見子昂琴側身天地抱奇器乾坤莽莽誰知音天涯冷落人何限豈獨琵琶淚滿襟

贈蒲城王櫟門

千里征帆此暫留清樽日日醉江頭得交海內嶔崎士不負天涯汗漫遊近市炊烟迷野岸隔江漁笛入高樓晴川芳草春無際何似看雲太華秋

登晴川閣

偶繫東吳萬里船獨臨沔口望湘烟空懷鸚鵡洲邊客不見梅花笛裏仙三峽猿聲來極浦九江帆影入遥天武昌何限長堤柳飄蕩鄉心處處懸

大别山晚眺

漢水東流急湘烟晚更生暖風薰草長斜日照江明雲樹三春夢關山萬里程楚天新月好休聽暮猿聲

登黃鶴樓

涉大江登高閣碧天何處招黃鶴我有千秋萬古愁一聲長笛梅花落鸚鵡洲邊雨鳳凰山上雲英雄戰壘不知處劔池鎖穴空夕曛。辛家之樓費仙館江城五月蕉

風煖莫問高城敵萬人且須美酒傾千盌

贈朱省堂

江漢何滔滔斯人獨憔悴長貧不受憐苦吟亦招忌胸中有太古下筆多真意請君但著書浮名足身累

桃花洞

花落復花開無言花滿地幽洞古泉香中有看花淚

漢陰城

寂寂漢陰城依依楊柳情弄珠人不見江上月空明

王檪門寓齋觀國初諸老贈李雲田詩冊

王郎嗜奇苦未足獨收破卷藏書簏古錦模糊補舊鈋

枯芸瑣碎尋殘馥一層樓櫟門齋中樓名上煖風添拂曉呼童捲畫簾清露潤雲檀几淨晴輝虛罩麥光黏一函珍重從頭展似向靈壇受蘭薾應留奇氣燭衡巫自有清光浮漢沔芝麓龔長歌感慨深西樵王短韻自愔愔侍郎曹秋岳詠蕩千言賦祭酒吳梅村纏綿五字吟幾篇賡和情難已腸斷江湖老蕩子槁項塵容四十秋萍踪浪跡三千里亂世浮生劇可憐鼓鼙聲裏過年年酒壚擊筑秋風冷禪榻吹簫夜月圓丈夫生欲行胸臆偎紅倚翠無聊極飲醇近婦送年華一片壯心銷未得骯髒襟懷不可收長安市上酒家樓興來遍索諸公句持去空澆獨

客愁獨客飄零不知處閨中歲月堂堂去蕩子菖蒲水上花佳人楊柳風前絮失意歸來白髮紛若蘭機上看迴文碎金貯待奚囊滿並向糚臺遺細君寶鐙姓字貞芳靚雲香小篆紅膏瑛侍兒警慧亦知書選取芳名呼掃鏡雲田周夫人名照字寶鐙掃鏡其婢也江皐寂寂落花村年去年來空閉門斷帙零縑堆篋衍依稀粉指舊時痕粉痕墨漬俱銷蝕故紙堆中誰拂拭換向屠沽不直錢攜來婦駔無人識南紀門前曉趁墟般般骨董列中衢王郎買歸嘆奇絕似獲鮫宮百琲珠我謂王郎好持護莫教更惹羽陵蠹風流裊屐想諸公百年壇坫誰追步江天雲樹

兩茫茫蕩子何人不憶鄉一曲滄浪斜日外與君更訪

菜根堂雲田有菜根堂詩

彭念堂携具招同吳鶴關汪心來胡牧亭集王櫟

門寓齋即送余與心來登舟歸新安

巳買江邊舟更就林下酌不暇理囊襆且與戀杯杓撫哀俱懷辛執手强爲樂入門衣解絺據牀帽脫箬縱飲揮叵羅爭啖拆不托藏鬮噪佯輸射覆矜巧着筆爲促書忙扇因愛畫攫憨如升木猱狂似跳枝鵲笛聲江上來帆影樽前落半醉忽無言滿座銷魂各自我來漢皋行蹤悔鑄錯琴空入市捶盞枉沿門拓不逢郎官觴難

招仙人鶴芳草沌陽城　縧柳武昌郭歸夢繞烟波泛泛
無終薄諸公出羣雄意氣凌衡霍屈宋擅宏辭瑜亮韜
偉略把釣猶披裘行歌空帶索憔悴匿江潭今古一邱
貉升沈波上桴聚散風中蘀慎勿多感傷且與爲歡噱
新月翼際山夜火晴川閣長揖上扁舟江氣澄寥廓分
襟衝岸烟抵足聽津柝安得石尤風再訂來朝約

聞吳苟叔弟客中悼亡寄慰

知爾天涯客常拋淚幾行鄉心牽愛女旅夢到空牀拙
宦難偕老文人善悼亡二毛巳侵鬢慎莫更神傷

死友歌爲沈蘆山作

盧山名泰江陰人客於楚楚商周沂塘待之善兩人俱能詩好交遊與往來諸名士相唱和無虛日後沂塘以避債遠去盧山無所歸遂雉經於舊館同人哀之索余爲作死友歌

我言君不聽君行我不知我今先君將何之前日爲生離今日爲死別我死不得與君訣君行在何處我死在君家羈魂飄蕩無所住隨君旅夢天之涯君今但去無所惜乾坤到處堪爲客泉下休悲羊角哀人間定有孫賓碩

樊口

擊汰過樊口遙望西陽城宿雨岸草濕朝日林烟明舟中客未起壠上人已耕去樹看漸失來山徐爲迎風恬曉色靜潮迴川光平眠坐各自適盥餐隨所營促膝得良友談笑紛縱橫

釣臺

退谷不可遊殊亭不可上小回復大回估帆自來往釣臺峙中流高閣架虛敞我今鼓楫過江面平如掌羣鷗聚淺沙叢荻生碎響江山入盛夏草木森莽蒼開舲縱遐矚卽此多勝賞

小孤山

急櫂赴中流鱗紋生水面斜陽燭層波光搖兩目眩金
碧紛陸離魚龍乍隱現烟鬟看漸眞秀影沐澄練落霞
山腰明迴潮寺門濺鐘聲隨波去月色轉帆見小姑愛
晚糚薄嵐添翠鈿

攔江磯

一抹皖公山數峯青未了連岡不肯休蜿蜒走天表奔
流匯衆川江勢增浩渺奇石怒欲渡中流恣夭矯榜人
操舟熟與波爲繚繞輕身出其罅迅疾如飛鳥回首浪
拍天幾點烟螺小

大通鎮

舍我江中舟逝將陟前岡新漲失故道欲濟川無梁湖濱盪一葉涼風吹衣裳叢菼聚暝色繁星涵虛光空外見積水露中聞暗香村墟雞已鳴前津問青陽秋浦渺何處九峯空蒼蒼

箬嶺

箬嶺雖云高坦迤好登陟征夫貪曉行月落石徑黑風聲納空林露氣籠倦翼銜烟投前村衣袖辨曉色峩峩天都峯依依隨我側高下幻陰晴俯仰盪胸臆徘徊不忍去我僕且休息

哭周橫山六首

人生苦局促百憂難具陳終日纏坎壈大患在有身君
今棲且宅解蔽返其真飢寒幸已免富貴如浮雲所悲
鬱奇氣志業無由伸蒿里斂魂魄賢愚寧復論
古人重結交山陽傳死友自我與君別歲月亦已久單
舸浮大江落日悲風吼客子野躑躅孑立竟誰偶朱鳥
倘歸來寒烟望渡口
伍胥逐靈潮伯牙操水仙聞子涉江流出門不復還篙
師坐船頭舵師踞危舷瞪目竟長逝寒濤鳴濺濺斂形
在荒野一棺殯江邊至今淺土中幽宮狐穴穿
曲徑傍城闉深巷尋陋室荆扉晝不開積蘚封屈戌寡

妻既大歸稚女亦繼卒春風吹蘆簾雀鼠亂殘帙君有三尺琴清聲美無匹愛之等良朋時時寘在膝哀哉復何言人去物亦失我欲招君魂魂歸安可詰

前年客茲土芳草正萋萋斗酒相宴會日日醉如泥三年易星霜蓬飛各東西舊歡如晨星所至增慘悽嗟我天涯客傍偟無定棲叩門持拙言他鄉安可稽逝將歸故里長守藿與藜

赭山鬱層陰荻港喧洪濤哭君走湖陰君定聞長號矯矯孤飛鴻哀鳴求其曹麋鹿在中野獨行難自豪白日浸以馳吾生空煩勞

蔡梵珠用余舊作贈吳洪芍韻枉題拙集兼索鐙

韻題其所藏蔬圃圖

七尺苦三彭萬事幻五酉鼎鼎百年內野馬浮窗牖余本幽憂人孤憤自欝糾地欲窮大荒天難覓小有歲暮孰華予在斯乃有某半面猶未識一腔早屢剖去冬梵珠與余未識面即塡詞投贈咄哉險巇世黃牛與白狗舉足逢迷陽跬步巃嵷層阜江湖感寥落客淚灑清瀏倚閭勞哀親持家仗病婦終歲滯異縣一經荒書藪春絮雨後沾秋葉風中走隻身尚贅疣千言總駢拇詎意華髮年得茲素心友跡雖隔參商氣已聯牛斗今春忽相聚謾郎與聱叟狂

脫風前帽滿酌花下酒兩心各悵悵片語逼扣扣蘷龍昻碧霄不共蛇鱓蓼松栢干青雲不隨棫樸樌暫爲雞伏雌肯効雉求牡君曰是不然凡猥吾所狃自信無機心小試不龜手隙地闢百弓方塘浚半畝閒趣玩之丁頗足蚓與蚪護門編枳籬掃徑縛苕帚園橘似乖金邱李可貽玖春釀注瓦盆霜秈舂石臼匿影學灌園歲月亦已久篋中一匹絹光澤瑩且厚乘興召畫師大筆運妙肘微渲山數棱更添屋半蔀荆關庶可師倪黃或堪偶天斜染疎花皺瘦皴小嶁枯桐已生孫新竹方妒母松杜分春秋穜稑辨先後瑣碎入圖畫不減盍家口以

茲尤賞心常置几案右僕也聞斯言撫掌掀狂吼自我

聞君名勞心懷人[illegible]學圃吾所願管華可借否陸蔥斷

一寸庾膜列三九[illegible]茹守山雖窮居安足忸鄙人無遠

志自顧甚卑[illegible][illegible]束髮時經鋤甘罌守菁圃自灌溉

詩圃頻躝蹗餞[illegible]乃作客有如索塗瞍棲息寄人檐動

作祇自杻何由遊頭責安敢詣腹負欲碎子昂琴恐人

君廓筍智原遜守瓶文祇堪覆瓿逝將歸吾廬休更逐

人趣屋塗隱士泥門種先生栁詎借叢樹神甘匿忖留

醜酣醉任翻盂高歌且擊缶縱觀區蓋間橫目而圓首

鼓刃丹書師泣邅白水鼻總總蟻趨趲狺狺嫯吠嗾何

如荷一鍾長作沮溺耦披圖意也消海雲來片黝

汶上放舟

汶上風光好揚帆日已晡蟬聲村樹容山影戍樓孤曲岸雙分水平田萬頃湖順流東下易回首暮雲紆

癸酉杪冬至都吳杉亭王穀原諸鶮侶錢辛楣四舍人謝金圃庶常李笠雲明經醵飲爲軟腳會即席同賦八首

風漲斜街堀堁塵寓廬尋訪定無因如何纔把騾繮卸便見經年夢裡人

歌罷黃麞念已灰支離誰顧道旁材只因愛畫旗亭壁

風雪長安又早來

促膝松盆盡夜懽雞鐵魚鮓各堆盤吳儂自愛江鄉味
不用烹羊羨大官

兒酒休辭費十千知君歷歲有餐錢酣歌可憶深秋夜
明月虛堂曲尺眠

杯中樂聖雖輸爾座上狂言定讓儂不聽公明通夕話
三升幸却玉蛆濃

獨澆殘醑酹長恩詩卷投入未易溫泥炕紙窗堪穩臥
顛當從此不開門

征衣無襆帢無顏即次初安便擬還却怪三年藏省夜

青縑被裡夢魂閒

玉蟾蜍水和丹砂濃點新詩勝綺霞強韻壓成寒夜半
銅盤剔盡蠟燈花

除夜放歌

玉兔之窟金烏輪兩丸跳躍暮復晨高高日月定自愛
奈何浪擲勞歌人春過匡廬冬泰岱征衣垢漬如重鎧
賣文餬口益苦飢負米養親誰肯貸鳳城爆竹聲震瓦
獨坐虛窗淚盈把東家郎君乘駿馬
朝回綵衣拜堂下

秋日送吳杉亭舍人歸里次王穀原韻八首

兩岸枯荷獵獵風歸帆遙趁夕陽紅年年踪跡輕離別
空作天涯踏雪鴻

高歌燕市未經年又上灤河禿尾船獨客歸家無長物
奚囊贏得

帝京篇

濯足雲溪畫掩扉閒看嶺上白雲歸棕鞵桐帽朝嵐濕
柳汁何須更染衣

歸去休歌行路難且從田客共園官秋花一片明如錦
底事垂鞭馬上看

休言衆裡自嫌身世事由來總積薪但使名山多著述

淸時原不負才人

數間茅屋枕溪南嬌女童兒戲篠驂一樹枇杷花未落
驌裘尚可博朝酣

省薇夜直一樽孤應對離騷嘆左徒獨擁青簾秋夢冷
牆根竹葉到家無

黃篋孤篷閉小窗匆匆分手上秋艭相思轉眼梅花發
索笑猶疑對影雙

舟中漫興三首

扁舟容與溯輕波兩岸絲楊瞥眼過山鷓聲中斜日暝
水葒花外晚風多正愁無地沽村酒恰有閒錢貫野荷

矯首家山看漸近蓬窗企脚一高歌
空明一棹自洄沿極目雲山思渺然平野風來紅蓼岸
晚涼雨過碧雲天輕舟下水仍千里獨客思家又一年
何日編茅成小隱卜居常傍汶陽田

寶應別叔父

衣有積垢囊無錢身如倦翮空言還我生半世占蹇連
中流欲渡復不前小港流水鳴濺濺大河惡浪冲倒船
幾夜水宿難穩便今朝下閘纔安舷孤城一水環數廛
千檣仰視蒼旻穿叔兮胡爲久羈牽茭岸一決難暫延
山禽入簌猶思騫速去莫待繞朝鞭匆匆沙上語未全

捩柁獨返空艙眠吁嗟筆耒非良田江關蕭瑟老歲年
天涯分手眞茫然

雪中望甓社湖寄懷沈沃田

文游臺畔寒猋馳入寶城上堆玻璃峭帆側溢不肯進
篙師縮項如蹲鴟滕六巽二太狡獪空中糝玉精瓊糜
東村西舍失徑遂遠洲近渚迷尻脽斷港横亘鉢塞莫
高岸倒挂靈姑鉟枯松老柳足醜怪一一大面遮蒙倛
孤篷咫尺那可辨漁人舟子相驚疑我時擱眼揩昏眵
忍寒跕立忘朝飢天遣勝景供詩料對此安可無好詞
獨惜良友不共載灞橋奇思難遠貽寒窗此際定呵凍

牛心割炙斟深卮長鬈蒙茸短袖禿丹鉛不惜兩手胝
他鄉旅夢愁欲絶何如歸去炊扊扅歌成漁火逗暝色
珠光高下明雲涯

甲戌仲冬送吳文木先生旅櫬於揚州城外登舟
歸金陵

寒霜棲城闉白日照江湄送君登孤舟千載從此辭布
帆乘風張一覘鶩驃馳三號不可見我行將安之自我
來蕪城旅舍恒苦飢客中過所親歡若龍躨跜我居徐
寧門君隣后土祠昕夕相過從風雨無愆期峩峩瓊花
臺鬱鬱冬青枝與君攀寒條淚下如連絲憤來搥短袂

作達靡不爲金屋戲新婦吳一山納石莊妾招同飲碧觀尋髡緇上人寓碧天觀屢同訪之飽啖肉笑醫酣引玉練槌櫝坊與茶閣到處隨狂嬉蘋蘋賈人子廣廈擁厚貲牢盆牟國利質庫賤民脂高樓明月中笙歌如沸糜誰識王明敫齋鐘愧閣黎嗟哉末俗頹滿眼魍魎魑執手渺萬里對面森九嶷丈夫抱經術進退觸藩羝於世既不用窮餓乃其宜何堪伍羣小顛倒肆詆欺先生豁達人餔糟而啜醨小事聊糊塗大度乃滑稽安所庸芥蔕且可食蛤蜊逝將買扁舟卒歲歸茅茨梅花映南榮曝背樂無涯小子聞斯言背面揮涕洟未見理歸裝已愁臨路歧誰知近死別

乃與悲生離孟冬晦前夕寒風入我帷獨客卧禪關昏
燈對牟尼忽聞叩門聲奔馳且驚疑中衢積寒冰怒芒
明參旗踉蹌至君前瞪目無一詞左右爲余言頃刻事
太奇今晨飽朝餐雄談盡解頤乘暮謁客歸呼尊酹一
巵薄醉遂高眠自解衫與綦安枕未終食痰壅如流澌
圭匕不及投撒手在片時幼子哭狀頭痛若遭鞭箠作
書與兩兄血淚紛淋漓仲兄其速來待汝視楄椸伯兄
聞赴奔何日發京師擗踊如壞牆見者爲酸嘶燕也骨
肉親能不摧肝脾憶昔丸髻年殘燭同裁詩每言雛鳳
聲定不儕伏雌歲月何飄忽逝景不可追蹭蹬一無成

干時鈍如鎚負米無長策高堂艱晨炊四海誠茫茫舉足皆隇陝奔走困飢寒慚彼壹宿雛羨君解敬袤萬事擲若遺著書壽千秋豈在骨與肌江山孫伯符風月郤僧施生平愛秦淮吟魂應戀茲一笑看凌雲横江天四垂

讀戴遂堂先生與錢香樹司寇盧雅雨都轉平山堂登高之作次韻二首

知君湖上棹乘輿到宥分都轉能留客秋官最好文窗延過嶺月杯引隔江雲高會繁華地簫聲散曉氛

昔年攜醉墨吟眺入山堂野艇寒流白高城落日黃不

辭雙屐滑愛對萬松蒼此日賡佳句幽懷自渺茫

次韻賀方竹樓移居

局室新開小有天知君滿腹貯靈川階前細草紛紆帶簾外甘蕉自捲牋近寺塔鈴宵替屎隔江山翠曉芊眠結廬底用喧車馬不向人間覓貨泉

陳公塘

帶子陂前繫晚舟陳公塘上野花秋半生湖海飄零客何日高眠百尺樓

過萬松亭別寰宗上人墓

霜風十里揚州路獨客茫茫慘將去一笑誰爲依戀人

銷魂只有高僧墓前年折柳于湖陰捩舵開頭淚滿襟
今年載酒蜀岡道荒山斷碣生秋草湖海飄零年復年
詩思身世總茫然紅燈淥酒歡如昨僂指前因悟幻緣
平山堂上寒雲晚歐九風流應未遠吟鞭他日更重過
東風吹恨留空檻

白田

白田春港帶流澌曾步人家水一涯漠漠寒烟飛碧鸛
野塘風定日斜時

棕亭詩鈔卷之六

全椒　金兆燕　鍾越

丹陽曉發

雲陽古驛抱回溪，渡口人家草樹低。苦盼柳堤青意早，欣看麥壠翠痕齊。奔牛埭古岡連接，擲鴿風高日慘悽。欲問蘭陵沽酒處，烟村已報伺潮雞。

丹陽舟中

山色湖光暮復朝，雲陽回首驛程遥。曲阿酒熟添鄉夢，直瀆舟輕趁落潮。水面野凫空泛泛，風前新柳自條條。一聲腸斷津亭笛，獨客江天正不聊。

舟中曉起

今朝許我懶既醒還自眠輕舟不覺動吾心方宴然舵樓聞曉欸喚起更遷延忽聞好鳥聲愛玆初霽天物性貴自適造化無私偏偶郤外累擾便得靜者便但愁繫纜後復來塵事牽

過吳竹嶼書齋

山塘碧漲水初肥柳下停舟一款扉臥榻不離栽竹逕行窩只傍釣魚磯一簾疎雨客何處滿地落花春自歸從此吟魂應識路他時還夢到書幃

禹館口占

孤館無人伴寂寥凄清景物自相料蕉移壞砌心常竹傍頹垣粉欲銷夢裡還家仍不易天涯作達總無聊湖雲海日原空濶籠鳥何由薄絳霄

弇牛懷古

弇牛古埭枕平湖回首雲陽客思紆獨樹烏啼春晝永危舩帆轉夕陽孤半生書劍悲歧路千里江山想霸圖太息前軍齏葛饋不堪重召後樓都

次韻題尹望山宮保錢香樹司寇吳門倡和詩後

五花賓館對芳洲七里山塘足勝遊南國冠裳尊二老西園翰墨著千秋連鑣共逞追風驥學步眞慚喘月牛

鐘呂不嫌竽管並好排吟席待華騮二公俱將由揚入都

秋雨

秋雨聲何碎凄清到夜闌離人不能寐虛閣坐長嘆落葉微軀賤孤鴻遠夢寒相思千里路雲水正漫漫

石臼湖

石臼湖邊春草青風吹急雨晝冥冥墓田常傍詩人宅千載高風憶阮亭

擊絮女子歌

脈脈江天如覆甕孤舟回首蘆碕夢一劍空隨國士身傷心日月昭昭送溧陽女兒顏如花春風顧影江之涯

英雄奇氣不可匿當前翠黛生咨嗟妾心明如波妾身輕如絮壺簞飽暾休回顧吹簫好向前途去

放歌呈鄭丈竹泉

孤篷企脚吳天曉吳城花柳美晴昊客子身如不繫舟攬衣且上虎邱道前年分手霜風寒今年握手春已闌人生聚散偶然事所悲身世多辛酸男兒骯髒困書史飄蓬千里復萬里獨向江湖老歲年肯從簪笏求知已憶昔揚州月滿堂稚衣丸髻趨君旁冷灰殘燭一朝別裁詩誰更憐冬郎鏡裡塵顏暗中改彈指光陰二十載難將鼓瑟投時好便欲碎琴更誰待十笏蕭齋碧蘚滋

論心深夜勸深巵一篇庾信傷心賦五字韋郎憶舊詩
天上浮雲白衣狗人生轗軻靡不有杏花落盡山桃紅
東風送暖誰先後姑蘇臺上春草多姑蘇臺下春水波
相看且盡杯中物莫聽吳娘暮雨歌

題陳彭年梅溪獨釣圖

碧溪倒浸天滄浪春風漠漠吹古香中有人兮何清狂
獨操短艇朝鳴榔釣絲百尺當空颺落花飛絮相傍徨
嚴氏之裘姜氏璜俯仰千古誰沉揚志不在魚機盡忘
何為策策復堂堂我今千里浮孤航披蓑偶駐烟波鄉
松陵漁具補未遑對君空羨清淵旁詎歟粉本自佀責

眞君邱鬐眞徜徉何時笭箵同攜將與君相結爲漫郎

謁文衡山祠

待詔祠堂在春風野日曛新禅瞻

睿藻恭讀御製題像詩石刻別館憶停雲妙翰眞堪寶高風孰

與羣紅欄餘故里惆悵想夫君

姑蘇春暮

七里山塘咽管絃金閶門外冶遊船圍花平疊黃綵布

津樹橫拖紫玉烟高士廡前空石臼美人市上少金錢

間關我亦懷鄉客叢橘荒庭拜水仙

書隨清娛墓銘後

獨挈蛾眉伴客身崆峒涿鹿老關津如何不立家姬傳
翻寫當壚賣酒人

呈沈少宗伯歸愚先生

威鳳集高岡孔翠羣相隨燭龍燿廣埏螢蚈亦乘時鄙
人幼檮昧僻處荒江湄世事靡所營寢食躭聲詩所苦
冥擿埴索塗罔所之閱肆獲異書朗然如列眉僞體既
別裁夷路乃鮮歧賴此波若眼奉爲桐子師涵泳二十
年稍稍窺其涯每欲就鵠槷庶爲裁華離我
朝盛文治應運生龍夔經術潤鴻業文字結
主知秩宗禮樂明海內停澆漓具區納衆川萬頃搖玻

璃怒濤激胥口木瀆爲障陂歸來一畝宮山光映連簃者英會緣野俊髦羅緇帷據案事丹鉛老眼無昏眵搜採遍幽隱持擇屏阿私閒氣心未公仲武貞堪嗤戔戔滄浪亭綠柳環清池講臺對百花四面春風披紫陽書院在滄浪亭左先生講學其中遊子聞雒誦舊學懼不治曲木過匠門繩墨安所施嗟余懵恨人風塵厭奔馳三度客京華征衣塵屢緇槐柳何森然未敢肩相差豈惟惜娉婷實難儕喔咿公爲斯道宗風雅賴總持非徒望吹噓將以求鍼覘撫劍懷薛燭調絃思鍾期束帶感昔人三嘆成此辭

訪曹來殷不值留題壁上

寶髻頭陀怪且迂畢瞪白眼排千夫王禮堂編修自號寶髻頭陀長安風雪共短炕爲我獨言曹潤奴來般小字禁城鐘動不肯寐篋中檢取明光珠擲卷睨我欻大叫海內曾見此八無僕也讀之神飛越茅柴市酒傾百壺逐日眞悔夸父妄爲雲便欲東野俱今年扁舟下東吳兼旬積雨春巳徂靈巖光福不暇問着屐獨訪城南隅吾生萬事總蹭蹬五角六張無好圖雲山千里結夢寐偏於交臂失邛須春風庭戶窺簾罅筆牀書櫃淸雙矑虎邱鶴澗足酣暢文讌何處日巳晡江頭風便明當發何時握手申煩紆欷斜枯墨留粉壁籠燈夜照應盧胡

放歌行贈朱適庭

麋城花豔豔雞陂草青青靈胥遺響既寂寞衆毚之言不可聽何人高擊回飆鼓明月秋潭歌樂府歌罷梧宮一葉飛金精夜躍劍池虎破楚門前春雨聲上津橋下春水生幽人小室戶獨揵半規斜月山塘明山塘雨岸木蘭舟一片笙歌罨畫樓君獨胡爲空坐愁長吟抱膝無時休敞簾櫳開高閣毘陵美酒舒州杓勸君莫作十日惡君不見昨日花開今日落用適庭句適庭尤工樂府所著有秋潭詩集

避雨入周小頑家

交遊信有道翰墨亦有緣今朝遇雨吉乃獲友大賢入

室無近玩披帷多古編嗜好耽寂寞道心庶克堅余本澹蕩人所苦塵事牽安得考金石與君忘歲年

大金統制軍符歌吳門周逸樽號小頑好金石之學藏弆甚多大金統制軍符其所贈也

故人贈我一寸銅上銳下弇制作工模糊一字認屋角凄然大漠含悲風完顏往事總陳迹斡离粘罕皆沙蟲竹魚銅虎詎足比徒勞什襲重緹封遥想當時佩符者吹唇戲手陰山下氣折曲端原上旗威驅趙搆江邊馬祇今零落委風塵土花鉎鏽荒江濱南遷北狩感遺史使我對之空愴神我本秺侯忠孝族漢廷賜姓追芳躅

貂蟬豈有醴陵祥金石惟躭東武錄漁陽上谷空遊遨
歸列櫨梨教六翰朱鬱印入中州集盡日摩挲慰寂寥

唐金仙公主墓券歌

唐家貴主多驕恣翟車寶輦紛如織金闕朝傳墨勅封
璇閨夜擁真珠被鼎牀銀臼逞豪奢玉帶紫袍縱兒戲
光艷能令四海傾權津直使三公避三洞金仙好穆清
修真姊妹伴持盈（玉真公主字持盈與金仙同入道）瑤臺貝闕連天起
玉柱銀房向日明高甍列牖紛嵯峨國奢邑丞營構妥
神枕應羞賜辯機仙緣詎肯偕張果一朝解蛻早離塵
練飾形骸歸上真絳河顏色雖凋替猶勝烏孫塞外春

珠襦玉匣祈宏帖爲向媪神投券牒千秋奇字寫驢唇
百尺高阡封馬鬣崇元聲勢毀謙狂方士浮屠俱往劫
龍門鄉界壞沙崗券文云三洞女官金仙公主今於龍門鄉安宮立室斷甓零磚
出野塍香骨烟銷何處所精光千載想霞升片石摩挲
休淚漬玉魚金椀難終秘昭陵石馬臥秋風蘭亭何苦
埋荒崗

寄方集三東萊兄弟

十載山中戀薜蘿君家兄弟最情多擘牋幾度吟紅藥
分手無端隔絳河路口花光應似昔雲門峰影近如何
小園苔徑休輕掃留與羈魂夢裡過

懷吳鋭芳

千里關山泣路歧風塵愁鬢漸如絲袂分京國歸何速
書寄揚州答已遲明月何時還共照春風無處不相思
欲知獨客銷魂地流水殘陽伍相祠

別陳郊在

幾載關山夢裡尋天涯相見淚難禁知君甘失塞翁馬
顧我獨鳴昭氏琴別路烟波空極目殘春花鳥總傷心
津亭夜月誰家笛來伴孤舟越客吟

苦雨次陳彭年韻

閒身彌勒可同龕客裡殘春月又三壁鼠黠驚千里夢

絡雞癡作五更談枕前風急花應了簾外雲低雨尙含曦景中天無止轡如何難見似優曇

同費野恬學博鄭竹泉丈飲朱遂佺蝶夢齋中分韻得蝶字

敝衣殘帙已歸篋爲君暫緩烟中艓主人侵晨開竹扉速客不待曦暉睫曲徑乍看烟草齊小池已見紫萍貼百弓隙地六枳籬恰容我輩壺觴接階前煮茗支瓦鐺案上添香炙銀葉戟手頗能作諢語聱牙偏奈讀古帖縱酒何辭饕斗頻縱詩不畏扣槃捷僕也天涯骯髒人撫劍空自歌長鋏偶見紀羣便締交從此名園堪日涉

可惜匆匆旋判袂人生安得如鶼鰈今日浩歌客我狂
明朝濁酒從誰獵撩衣乘醉舞甘蔗揎袖當風捉榆莢
雙童匿笑畫屏前飛來何處驚蝴蝶

登舟瀕發吳企晉遣人持札賫贐為別且以所著
古香堂詩集囑訂余與企晉蓋初識面也傾倒
之意一至於此孤篷獨酌感賦短歌

昨日月朓今日朒見子何遲別何速論心已許夔憐蚿
執手還如麞遇鹿小雞山色斜陽明獨客乘舟將欲行
津亭走札送我別繾綣未有如君情上言前路應蕭索
一握朱提充我橐下言文章須解人一卷明珠為我陳

僕也江湖遍遊歷對此那能不心激丈夫四海求友朋知已如君未易覓篋中有書囊有錢今夕何夕喜欲顛解緡且覓前村酒爛醉高歌企脚眠

滬瀆舟中

帆轉婁江野岸昏榜歌聲裡暮潮喧春風客過黃姑廟暮雨人歸烏夜村鰕菜何時堪駐足鶯花到處總銷魂玉山一角青如黛莫向征衫染淚痕

馬鞍山望太湖

咸池五車氣鬱蒸沐日浴月歊炎騰仙人乘蹻儼上昇霞裳虹帶鋪朝繒左神幽居林屋洞蒼苔片石隔凡夢

靈鼇忽駕羽明車縹緲峰頭攜手送入世愁波安可極北堂浮玉空相憶二陸東西舊宅荒天涯黃耳無消息雲中何處雙飛翼欲往從之渺難即松花千歲毛公壇斜陽一片傷心色攬衣莫更上高巔丈室香銷慧理禪慧理禪師馬鞍山慧聚寺開山僧

拂石軒歌贈徐梅逐孝廉

先生東海之子孫鳳毛麟角希世珍讀書不屑治章句下筆眞堪邁等倫老屋嵬然冠巷里高風千古三君子馬驛交遊想鄭莊龍門聲價懷元禮問潮高館對新洋繫艇來過綠野堂粉蠹枯蟫看錦軸泥殘舊燕認雕梁

曲徑蓬蒿自糾紛平泉猶住李司勲松廊不改西家潦
竹閣常留南浦雲擘袂雲根頻徙倚烏衣門巷清如水
草色依稀綬帶斑苔痕想像袍花紫梓澤蘭亭滿夕陽
故家喬木自蒼蒼范氏硯存爲重寶魏公笏在是甘棠
屈麾馬廄公孫庫何限長安大道旁

重過竹泉丈邀同翁東如陳彭年泛舟山塘卽事
得絕句十二首

盤門流水接胥門夾岸人家曉市喧小艇入城雙槳急
篷窗帶得野烟昏

馬禪寺橋春水深蕭齋重到聽春禽木瓜花落簾櫳靜

時節堪驚過客心
征艓欲去復遲留更作山塘竟日遊招得兩三人共載
不須重喚木蘭舟
唐肆開簾坐對花藤陰籬笆自周遮永龕小榹能娛客
蟹眼烹來顧渚茶
一徑濃花晝掩關淸池迴抱曲闌干不緣避雨投山寺
那得園亭共飽看
東風習習雨絲絲文手循廊未覺疲險韻聯成韓孟句
不知已過可中時
繡纈差肩綺石隈粉光釵焰共徘徊春泥背剔鞵尖污

知向虎邱山下來

急雨纔過便放晴衝泥屐齒踏殘英訪僧不必期相值
花木禪房信客行

明月東風冷佩環紅心春草自斑斑行人盡弔眞娘墓
更有傷心劉碧鬟女鬼降乩自云劉碧鬟遺骸在平江來鶴樓下掘地果得白骨一具吳中好事者擇眞娘墓側葬之予爲之銘

臨流小閣碧窗虛醉指遙天月一梳但愛當壚眉樣好
不須滌器是相如

沽酒何妨髴十千傾囊猶賸買花錢詩魂今夜應無賴
國色天香伴獨眠

來逐朝霞去趁風天涯作達也匆匆不堪分手津亭畔
一點紗籠似夢中

舟中雜興八首

新洋江畔晚霞明豢鹿城邊解纜行三尺篷窗兜被卧
聽殘兩岓子規聲

織女空祠小水涯玉峯寒日一輪斜靈旗不捲春風靜
閒遍門前鶯粟花

千步長橋寶帶寶春波萬頃浸空明不緣禁夜停孤棹
雙眼何由豁太清

雙瞳剪水玉精神鄉女婆留聽未真艤棹試教歌小海

定須腸斷石心人

文章絶代擅詞宗千載韓歐許接蹤遲日園林蕭瑟甚
徽嵐一角賸羗峯

碧浪黏天鶩脰湖平波臺畔戲羣凫愛他舉網銀魚賤
我欲浮家作釣徒

滮湖流水接鴛湖蟹斷魚簾界綠蒲聽遍櫂歌烟雨外
風流不見小長蘆

鏡面湖光熨貼平枕樓高處晚霞生微風不動輕帆輭
一葉中流自在行

題王石壁烟雨樓詩後

徵波學繡繞平樓凝雨凝烟澹不收杳靄雲嵐歸極浦
迷離城郭枕滄洲遙青靜倚峰雙翦澄碧初涵月一鈎
爲愛使君新句好吟魂早作夢中遊

語兒

兩岸濃桑竹戶扃扁舟又過語兒涇林間鶴起風聲亮
海上龍歸雨氣腥古驛樹明於越界斷橋帆轉夕陽亭
吹簫誰識天涯客目斷吳天暮靄青

題石門王石壁明府勸農詩後四首

酒脯都籃滿翠畦杏花深處看扶犁耬車秧馬濃烟畔
野老歸來醉似泥

柴辟亭前芳草多輕舟欸乃掠烟過使君下筆成幽雅
不唱吳兒舊榜歌

籬根牆角倚村姑兩鬢山花映玉膚獨立桑陰斜日晚
何人脫帽問羅敷

空囊沾衣碧浪圓他鄉又過挿秧天杜陵老作諸侯客
何日歸家買薄田

古詩二首

鄭旦偕夷光炫服入吳宮對鏡理新粧灼灼如花紅君
恩豈有偏妾容非不工如何響屧廊隨步難爲容不如
東家施抱影空山中

憔悴孤生桐弦以寡女絲一爲止息調座客慘不怡座客慘不怡主人拂衣起今日良晏會此音胡爲爾此音君勿疑所禀不可移安能徇外歡易我中心悲

臨平舟中二首

暝色烟光共一舟臨平山下藕花秋風前暗誦參寥句欲立蜻蜓不自由

龍井新芽認火前宜興沙銚足烹煎何時學得謙師手來試安平第一泉

松棚

巖棲谷隱白雲中蒼翠高標孰與同一自寄人檐宇下

坐看憔悴到西風

送客

津亭送客處落日亂峯高不敢久延佇恐君回首勞

牧豎嘆

牧豎牧豎十十五五夜卧牛衣朝飲牛乳吹笛踞牛背不知牛辛苦芻在深筐粟在庾牛饑求食鞭牛股牧豎牧豎勿謂爾牛不能語主人一一遂無處所

八月十九夜同安雨轎作

昨夜單衣露下立當空皓月虛帷入今夜披裌思裘綿閉門愁聽秋風颯秋風來萬木頹怒濤海上驚奔雷轟

颷恠雨相激射千愁迸入離人杯夜欲闌風轉急短檠寒穗昏虛壁耿耿獨照悲秋客

偶然

偶然執手便分攜片語津亭日已西恰似相思纔入夢東風吹到五更雞

秋氣

秋氣來何遽蕭條萬籟鳴疾風生巨壑寒雨暗高城短夢闗河遠長愁歲月更破窻孤枕客今夜若爲情

龍潭曉發

荒雞驚起夢中身匹馬衝寒夜問津月照

離宮光達曙草依輦路氣先春江流東下銀濤濶山色南來翠靄新獨有天涯憔悴客年年席帽感蕭晨

宿吳杉亭舍人新居因懷從叔軒來在蜀

停我江東舟訪君城北宅深巷燈火稀暝色誤行迹門庭何修整井竈亦緯爐移家誠不易羨君富奇策君言萍居累轉徙非求適頻年滯旅宦未暇謀煖席明知非久棲聊復置藩栅少年同懷友南北各行役暫聚偶然事終嘆千里隔一室共笑言此願恐虛積我聞發長喟停觴復岸幘人生老離合歲月眞可惜登君樓上牀展

我囊中簣翦燈話未竟鄰寺鐘聲迫更憶錦官城獨客哀猿夕

歸里後晤韋葯仙

久向烟波狎老漁荒村又問故山居蓬根踪跡都無據槐國功名定子虛尋菊尚堪寒雨後看山且趁曉霜初江東米價君休問好辦空腸貯古書

讀葯仙遊歷諸作卽用其稿中唱和韻題之

幾曲清歌喚奈何知君歸夢繞烟蘿燈前風雨鄉心劇馬上雲山客淚多孤枕獨聽天外雁清輝空對月中娥江關我亦多愁句試爲深宵寫孽窠

余歸里數旬即擬復出葯仙取酒爲別即席疊韻

奉呈

持杯休問夜如何十載家園洽薜蘿鮭菜只憐鄉味好川涂共訴客愁多敲詩曲室依燈婢說餅中厨問鼎娥後夜相思孤棹迴故山回首白雲窠

早發途中作二首

曷旦無止號伯勞無停飛謀生在他鄉來往有程期朔雪積中衢矯首望晨暉入室何慘澹陰風鳴檐扉老父傷兒寒背面涕暗揮卒歲匆余念首春當早歸

驅馬上高坂下馬復回顧南岡何逶迤歷歷白楊樹嗟

我慈親魂蕭條此間住淺土冒霜雪況乃穿狐兎蓄哀
三十載歲月如奔鶩空爲四海身未下三尺墓生子苟
如此不如委中路

眞州晚泊

揚子津頭片席開白沙洲上客重來荒陂夜火陳侯廟
廢壘寒雲魏帝臺爐鞴空尋秋雨外壺簞誰餉暮潮隈
茫茫身世原多感且盡孤篷濁酒杯

程午橋太史以手注義山詩集見贈賦此奉酬

江干初過竹醉晨榴花已落桐花新客子征途未及半
綠楊城外停孤艫蜀岡隋苑不暇問渡筏急訪太史津

故人薦剡多賸語名僧接引疑前因謝客偶示維摩疾
傳命已沾公瑾醇霄漢眉宇悵隔面名山著述驚等身
瑤編先獲百朋錫玉溪頓傳千載神荒唐雲雨歸大雅
細瑣鶯蝶搜奇珍濃膏賸馥乍擺脫西崑面目存其真
張劉空傳有善本毛鄭今始稱功臣客窓剪燭恣尋玩
中夜拊几長吁呻才傑自昔多坎壈身名俱泰曾幾人
開成進士貞訣蕩三十六體何彬彬橐筆乃同巢幕燕
年年奔走蜀與秦太牢羣小競排笮扼抑困頓無時伸
巵言讕語當歌哭嗚咽幽怨秋復春瞀儒不識嘲獺祭
紛紛撏撦工效顰譬如童蒙拾香草翻以靡艷寃靈均

吁嗟直至千載後始克磢垢湔凡塵九原幽魄感應泣
知已寧復誇杜倫燕也湖海骯髒士天涯漂泊如流蘋
白老繡綳敢侈聾青衣錦瑟同酸辛狂朋怪侶日徵逐
左挈成式右庭筠西溪短什肯屬和樊南甲集請具陳
令狐一語定不惜灼痕喉噦休狺狺

寄贈汪陶村

逝波無回流領毳不再中人生一相別曠若秋原蓬昔
我侶君子乘風溯大江暝宿潯陽岸朝望九子峰千里
同跋涉意氣何昂雄揭來異川涂隻影不復雙豈無瑤
華音天外託飛鴻關河阻且長何以慰幽衷永昔有誓

言相期無終窮

喜晤戴遂堂先生　時先生自眞州來浙展墓

前年分手眞州路秋風一葉橫江渡今年攜手杭州城春雨千家布穀聲海天雲白江潮下獨立蒼茫看四野天涯逆旅又逢君憐才未有如君者棠梨花發野烟飛知是麗公上冢歸我有墓田千里外年年寒食淚沾衣

管氏壽蒲詩　有序

揚州管應夫先生厚德濟人至老不倦晚年於石上種菖蒲一本養之盆盎中數十年後先生之子幼孚六兄年已知命而此草猶綿鬱茂不

異昔時幼孚爲余言童丱時親見先人命小奚奴蓺此草相與搏土劇戲今兩鬢斑斑而水中之石石上之草相對如闕朝暮捧手澤感歲時不自知其盡然瞿然也兆燕與幼孚交既久時得借玩此草習聞其言竊念昔人於魏氏之笏范氏之硯每傷談之孰若此草之植仙根滋靈液含貞抱樸不蔓不支清白之傳世世勿替也哉因次張茂先勵志詩韻作四言九章用述先生之德兼以爲幼孚私祝云爾

蔦𠂢於柯隰有龍游巽此仙卉居惟水周既專一壑不

計幾秋夫惟碩德有此颸流
榼以檀殫橋緣枳化蘭槐漸滫生見萎謝矢潔懷清慎
履脂夜庭諾在昔勤之丙舍
人亦有言福輕如羽鑒惟自瑩燭豈誤舉苟不棄基必
克修緒卷石幽叢遺我艮矩
雖休勿休雖逸勿逸尺潦增川寸膏繼日南山石榔鏈
以絜漆音沬名晻終朽藏質
有苞者竹於彼中林調我瑞律飽我祥禽惟此壽蒲與
爲同心白石旣研幽鬱瀹深
温温朝日藹藹春雲綠縟其色紛斐其文載沐載櫛翦

剔既勤宗生於此錫羡繁殷
先生之風既高且清楚龔避世蜀莊沉冥守約處冲挹
欿持盈有子繼之玉質金聲
翼肯詒厥氣志既起普積慶臻自今以始昌歜之嗜茗
柯之理封殖孔嘉欒社荀里
鳳鳴歸昌麟鳴歸仁厚德所歸斡運洪鈞豐草既遂家
肥益新式遵先志以啟後人

棕亭詩鈔卷之七

全椒　金兆燕　鍾越

過文信國祠二首

信國祠堂異代新江流常照悴容眞旱符異夢無雙譽
不負巍科第一人柴市忠魂猶貫斗棘垣正氣肯隨塵
請看郝使談經地空向東園付莽榛

忍對盟編考誓書坐看宗社已焚如西臺哭後人何在
南海浮來計太疎天地扁舟回不易山陵遺骨恨難除
孤臣跋涉干戈裡一片殘陽冷故墟

寄程錡樹

聽罷樽前子夜歌扁舟江上又清波當風落葉微軀賤入海羣山遠勢多老去詩篇渾散漫別來情味漸消磨菊屏霜後休輕折留與羈魂夢裡過

遊新城汪園步戴遂堂先生韻五首

主人緣愛客載酒訪林岑逸興同嵇呂高懷友尚禽城闢荒逕僻江步晚雲深暫作開籠翮隨君豁素襟

白沙村畔路日腳下高原山色青垂岸江流碧到門苔侵靈運屐花滿辟疆園並坐盤陀石開心試共論

積水明如鏡輕舟小似鞋晴天彌曠野遠勢接平厓宿霧千林合歸雲一鳥偕川原堪極目虛閣自開懷

樓俯三江濶堂開十畝寬曉烟屯屋角新月出林端翠影修篁密香風老桂寒何時重到此盡日倚雕闌

扁舟帶暝色隔岸遠相迎魚鳥皆儔侶山林足性情荒唐過壯歲佪仄嘆浮生堪羨巖居叟秋田已早畊

寓淮安靈惠祠題壁此余甲戌年八月之作已忘之矣丙子三月晤寶應王少林爲余誦之

香冷金爐繡箔垂眞仙壇宇晚鐘遲秋風又到枚生宅神雨應過漂母祠古月虛窗窺客夢落花深殿護靈旗征帆頻向天涯老何日餐霞問紫芝

聽沈江門彈秋江夜泊

湖海飄零客聞弦感慨深三秋鄉國夢千里水雲心月落魚龍寂江空霧露沉蓬窻吾已慣更爲觸幽襟

聽彈滄海龍吟操

一鼓成連調龍宮拂曙開影潛丹壑底聲入紫雲堆風雨連天暗波濤動地來虛堂羣籟寂疑到小蓬萊

聽沈江門彈塞上鴻

高樓鳴絕調哀響忽紛紛夢斷江南月愁隨隴首雲平沙千里遠孤障九天分目送休終曲邊聲不可聞

送吳梅查遊攝山分韻得好字

九秋風日佳送君事幽討山程不問途曲徑訣亦好江

千紛紅樹巖洞滋仙草攝山上杳冥古雲自繚繞中有六朝僧獨伴松窠鳥訪道般若臺白石可休老良覿不易得莫任歸帆早

寄沈江門

草草與君别悠悠勞我心霜風明月好何處理瑤琴

寄焦五斗

江風三日燕海月一輪孤自别公榮後能傾五斗無

五斗先生飲酒歌

一日鑿一竅七日渾沌死聖人彌縫使之涽乃爲麴蘖葆生理坐者爲尸臥者冢惟有醉者神不毀焦先生瓜

廬中破窻五夜號西風飢腸貯書千萬卷陋室裁詩三
五通揚州花月苦腥穢陶然獨醉遊鴻濛祝衄復祝衄
往者何歌來何哭安得糟邱遍築鐵圍山與君同證米
汁佛

夢琴歌爲沈江門作

雲陰陰風泠泠江門沈子鳴瑤琴瑤琴一曲鳴未歌有
人入夢通幽忱幽忱未通不能語寒江一夜驚風雨古
調休爲今人彈古人已作今日土古人今人何綿綿出
夢入夢愁無邊莊舃哀吟竟何益嵇康顧影眞可憐寡
女之絲氷條絃穿雲裂石上訴天天高萬里不可到蟣

緜之臣欲語已茫然夢中生琴中死絕調誓不求知已
嘻吁乎哉江門子

盧絳廟 絳字晉卿

柱國功名逐逝波空祠猶自對烟蘿荒墟殘臘喧村社
頹壁斜陽倚斷戈雪後山容添黯淡春來江艦自嵬峩
玉真何處尋殘夢衰草蒼茫固子坡

盧雅雨都轉以亡友李嘯村遺集雕本寄貲開緘
卒讀淒感交至率題卷末兼呈盧公四首

憐才千古屬知音生死交情感最深斷墨零縑初綴緝
殘膏賸馥未銷沉高臺不為求遺骨異代何人識苦心

淒絕一編遙寄與山陽笛裡倍沾襟

湖陰樓閣對蟂磯曾向天涯並翩飛花發春山攜笠過
月明秋水叩舷歸當年東野多深友此日西華只敝衣
極目皖江寒浪濶何時磨鏡問郊扉

瓜州城外水連天剩有萍居屋數椽樹影猶含虛幌月
詩魂疑傍隔江烟三秋殘卷空螢火千里歸心托杜鵑
遺宅故姬聞尚在稗花風雨泣荒田

短檠寒焰對行藁三嘆終宵擁鼻哦地下休悲埋玉早
人間應羨鑄金多方干榮遇猶堪待孔闓香名已不磨
何限隱居吟嘯客一瓢身後付長波

焦五斗移家

飯甕茶罌間酒瓢更饒詩卷束牛腰將車執杖兒兼婦運水搬柴暮復朝機杼舊鄰猶戀孟湖山新館更名焦瓜廬到處皆堪結三詔知君未易招

寄陳彭年

獨客推篷夜正午廣陵城外聽春雨歲月飄零感落花關河憔悴傷枯樹巢幕卑棲詎穩便有恨難箋不語天看雲每憶同心侶對酒空歌獨漉篇風塵混迹魚鹽市涸轍難求升斗水三春但有淚千行千里忽傳書一紙大雅如君真不羣棄繻到處識終軍自許清才凌鄴下

共鷟妍唱繼横汾倏然獨釣梅溪瀨擁棹知君無可奈
索句不教楮墨閒傳神知在烟霞外堪笑陶家壁上梭
高齋三載不曾過花前憶我詢無恙夢裡思君喚奈何
山塘綠柳森如束憶昔停橈劍池曲但得終宵共尹班
何須抗跡儕儔祿紗籠紅燭夜遲遲促膝頻催幼婦詞
酒態頓教鶯燕詫吟情惟有鷺鷗知幾年浪迹真成誤
誰許丙茵輕醉吐石髓山中詎有緣明河天上原無路
扁舟明發東吳吟定許西窗話夜深聽魚春水當軒綠
莫惜甕莛石枕琴

重宿秦淮水閣

剎竿依然映碧流菩提改徑上高樓又看華屋飛新燕空向沙汀憶故鷗勝地似隨春夢到好花難挽客襟留一年一度秦淮水笑我因人作遠遊

過吳杉亭舍人宅時杉亭將以憂歸

聞君前月報灑血棄官歸道遠奔難及家貧養早違春花迷舊徑明月冷虛帷方進身榮後傷心獨寢闈

丙子秋日晤方竹樓於揚州僧舍蒙以畫竹見惠次日偕諸同社集譯經臺案上有坡公集因檢上巳攜酒出遊詩索余步韻題畫爲贈走筆應之

大枝嘯風復嘯雨小枝蒙雜迷空塢鳳凰千仞勢欲下
飛鳶銜鼠敢余侮參天入雲排直幹寒梢頂上日卓午
不草不木超等倫惟與詩人相爾汝憶昔摇艇入新安
問政山頭萬竿舞題字愛拭春籜乾下酒不辭秋笋苦
一自江湖奔走勞千叢寒玉誰爲主空外秋聲感心肺
夢中素影想眉嫵何時入林得晏坐一爲征衫洗塵土
二分月下忽遇君爲我客窓寫家圃展卷日日對此君
旅愁驅逐無處所似有彈琴長嘯人疑逢翠袖天寒女
挂向高堂碧欲流懸當小閣青批俯禪榻茶烟裊未休
一片蒼涼和夢煮竹樓竹樓君且休請君輟筆聽我語

嘉植由來產異岑奇葩斷不生頽宇塵世幻緣何足計
少年豪興須當鼓不見牆根稚子苞森森千尺已如許
但令成竹全在胸鞾龍怒發焉能阻鳳晨鸞暮慎自愛
歲將晏矣孰華予

晴

幾日登樓苦盼晴寒梅消息未分明忽聞湖上花皆放
頓覺肩間喜盡生兩槳烟波遊定果一襟香雪夢須成
醉吟忽憶孤山路棖觸天涯舊日情

看鴈來紅作

本自懷奇質何須學豔糚一花全不着竟體總爲芳小

園過朝雨空庭下夕陽獨將遲暮意對爾一傍偟

程竹垣齋中次韻

每到吟詩地偏師已早降撚髭聊倚閣叉手屢凭窻宿雪封苔徑春醪滿石缸寒梅莫相笑枯腹剩空腔

次女阿雋十歲詩以寄示

北風何蕭蕭霜氣淒以冽獨客淹歲時倏已孟冬節歸夢逐寒雲悠悠無斷絕念汝周十齡憶往心如結在昔丁卯歲鄉舉幸忝竊結束事北征駝駞冒霜雪是時汝初生吾父大尉悅命名曰阿雋錦綳錫繰纈此意何懇懇應同展齒折我謂青紫物唾手定可掇大笑徑出門

匹馬如電掣詎知迷陽路舉足困蹴躃十載試東堂派
盡下和血頻年迫饑軀賣文屢折閱饈膳未克充溫凊
已多缺含悽向誰訴中夜自哽咽今晨汝誕日緘詩爲
汝說饑寒應習慣操作須勿輟休爲門東啼且共竈北
爇夜浣遍廁牏朝汲向井渫學繡儕阿姊箴黹較工拙
讀書偕阿弟識字細剖別婉轉隨阿母勿復貪頑劣更
依大父側佐餕效祝噎永日歡含飴毋使中心惙我有
丁娘布買來自西浙寄汝作裙襖褓綷好紉綴歸期豫
汝告五九當歲闌明年又計偕三嘆腸內熱

送俞耦生就婚毘陵次方介亭韻

檣烏初轉大江風遙指雲陽古驛東巾笥攜將才子筆祿屏圖就美人弓春冰泮後浮文鰈曉日開時翥遠鴻試上闔閭城畔望朝霞千里海鱗紅

長至日同沈江門方竹樓方介亭石蘇門集汪磽岩齋中欲遊水香村墅不果分韻得二冬

憶昔一棹入芙蓉高閣晴霞對晚峯去秋村墅觀荷清興又乘佳客共寒威偏阻俊遊重冰池定有新霜暈石徑應添冷蘚封好待梅花舒暖後烟郊更爲理吟筇

和磽岩韻

偶然連袂過蕭齋今節聊爲小住佳先得陽和惟此日

最無拘束是吾儕閒身拚向風塵老小隱何須姓字埋

心折君才眞十倍酬牋莫笑上灘船

和江門韻

莫爲羈孤百感興詩名第一譽彌增澆愁且自傾三雅

賣賦應堪獲百朋隔巷高車慚許劭空山長嘯羡孫登

蠻江寒浪兼天濶淘洗胸懷更幾層

和竹樓韻

放懷萬事總秋毫痛飲眞爲出世豪肯注蟲魚窮爾雅

聊搴蘭蕙續離騷一枝勁竹看高節三尺枯桐聽怒濤

竹樓以畫竹索江門彈琴問影我眞慚罔兩隨人坐起鮮持操

和介亭韻

蘭室圍爐盡素交底須道上更推敲三年旅夢天涯倦幾日鄉愁醉裡拋自笑嶺雲依別浦誰憐杯水覆空坳羨君閉戶眞酬適雲子冬春飯足抄

和蘇門韻

險韻詩成日已西循廊聊復手同攜屠龍競謝三年技牧馬誰開七聖迷逆鷁遡風甘早退荒雞入夜敢先啼感君班草成酬和襟上無忘此日題

是夕同人每成一詩必索余步韻賡酬已遍諸君起曰我輩詩俱叨繼聲君詩原韻不當疊一首

乎余曰諾援筆復成此章

漫道鹽池庚杲蓉余時在余幕家山只憶薛蘿峰頻年孤嘯誰為伴此日歡遊未易重分手可堪清夜永回頭便是白雲封江天明月霜華冷孤影凌兢瘦似笻

冒甚原自徐州歸里道過眞州見訪索余作詩以贈

揚州霜葉紅蒸天逢君繫艇江城烟眞州雪片大如席訪我停鞭江口驛高翮孤飛天際鴻飄蕭蹤跡何匆匆君言轉首不兩月征程千里如秋蓬浪山波岳河流急一櫂中流逾十日拍殘銅斗仰天歌峭帆直指黃樓側

長河落日風蕭蕭驚濤怒齧荆山橋百萬金錢勞璧馬千夫畚鍤聚蘆茭災黎此日初盥帖土屋泥塗猶菜色聖主頻勤旰食憂書生空抱匡時策君不見昌黎昔日住徐州役役逐隊無時休丈夫大用待知已飽嬉飢食安足留如臯城畔千行柳歸去好謀銷九九古栢寒梅水繪園莫教老鶴門空守我亦飄零號酒徒何時一訪故人廬春風爛醉小三吾

程竹垣以詩贈別次韻奉訓

寒燈同此夕別緒早紛拏聚散風中絮飄零雨後花停杯添客夢下榻愛君家莫話明宵事茫茫烟水賒

歲暮暫歸示里中諸子

小草隨霜露飛鴻慣雪泥乾坤吾道拙歲月客心迷歸橐貧如罄行縢又早攜故人相過問笑我太栖栖

哭馮粹中

浮名三十載此日竟何存淡墨纔書姓虞歌已在門天涯留弱息古寺寄孤魂何日輿歸櫬青山返故園

出門四首

澤豹苦周饑轅駒困征塵丈夫不得志刺促難具陳柴車邇北風踏雪荒江濱他人羨我歸我實懷苦辛客居動經歲家食難浹旬依人作生計牽掣愧此身

臘盡春欲來積雪亦已晴人皆謀卒歲我仍赴嚴程親
串不我諒謂我躭遠行棄置夫何言惻愴自吞聲飛鴻
謀稻粱安得不遐征
束髮受詩書四十猶無聞操觚代稼穡洪涊喪我眞寒
皁學巧語雜縣羈高門亦既爲人役毛羽安足論
上堂拜老親入室辭婦孺背面揮涕洟不敢復回顧驅
車出里閈猶見庭中樹樹上有寒禽子母相依哺人生
勿遠遊遠遊多窘步

丁丑初春將入都門留別戴遂堂先生

杭州五月騰炎輝逢君攜手同我歸眞州臘盡春色早

別君獨上長安道丈夫知己艮獨難半生骯髒西風裏
感君執手有真意停觴使我摧心肝高冠長劍空自喜
關山寥落同秋卉威鳳在笯難整翰猛虎求食亦搖尾
天涯雙鬢驚滄浪盱衡世事何茫茫掾饑無術乃干進
負薪未免歌黃麈知君夙世抱仙骨我亦厭居蟪蛄窟
小別休爲驪唱悲終當爲結登雲韈

哭麟洲叔五首

狂飈拔巨木楞梓同傾𠻳嚴霜殺衆草蘭蕙不復滋去
年東南災道殣相撐持露骸腥上聞陰陽爲愆期鬱茲
大陵氣疫癘靡有遺君子謹厥身菑沴亦中之嗟君抱

奇才尺寸未展施孤寒爲贅婿奔走窮天涯客死仗友
生靈帷寄仁祠我來哭失聲臨風奠一卮鸞鳳既靡此
鳩飛更何時鐘呂既破碎瓦鳴徒爾爲斂君牀上衾檢
君篋中詩呼君君不聞淚下如綆縻
束髮受詩書致身願及早挾策未及試歲月忽已老著
書追古人窮年肆搜討光芒在文字精氣已枯槁千秋
縱可待七尺不自保吁嗟沒世名安足爲身寶
男兒可憐蟲骨肉苦牽纏終歲客異縣獨飽竟何益今
君雖長往不應遂棄擲譙南邱墓荒山左妻孥隔千里
莽關山羇魂安所適

遼陽老布衣一代著作手愛君如異珍期君以不朽君病謀參朮君死購棺輀丹旐出郭門紼紼勞衰叟觀者爲嘆息此誼惟古有自我客四方傾心求素友對面猶參商歲寒安可守人生知已難君遇固已厚（叔沒於眞州戴遂堂先生爲營後事）中夜出西郭凌晨至胥浦送君渡長橋曉星明三五英維伎劍地寒潮齧荒圃逝者盡如斯淸淚空如雨君今歸山阿我猶客江滸靈車旣巳遥極目但榛莽獨行返城闉此别遂千古

淮浦舟中

淮浦孤舟挂席遲蕭條景物動遐思洪波合沓趨高堰
落日蒼茫見下邳雨後早春還似夢愁中衰鬢漸如絲
年年喚渡臨河處腸斷天涯酒一巵

立春日旅中書懷二首

莫向春風喚奈何半生書劍久蹉跎日旁又作乘船夢
道上誰聞叩角歌椒桂有徵名士起榛苓無分美人過
孤雲蹤跡甘窮岫干呂空瞻慶靄多

浪跡江湖兩鬢絲一燈郤帳影凄其鶯花入眼俱無頼
鴈木逢時總不宜春入敝裘寒未減暮憐瘦馬去何之
酒壚傭保爭相笑可有凌雲狗監知

讀穆天子傳

七萃前驅盡偃旌蕭蕭八駿夜深鳴高臺空自歌黃竹一箇何曾喚曉晴

謝東墅編修移居内城致書索詩題其新宅漫成二十四韻寄之

聞道長安里新居最潔清（五字來書中語）疏麻勞遠寄麗藻恐難賡遥念移家日應多攬勝情買鄰緣借竹選樹爲遷鶯面叠巖更署周遭列枝營窓依青瑣闥高矗紫雕甍門外長衢直窓中遠岫明初開安石墅好葺景山鎗龍鳥看閑客庭柯愛直兒掃塵安棐几斵石架松棚琴泛

聲三疊棋帀子一枰暗香縈壁帶活火沸瓶笙炕薦冬
釭暖簾波夏簟輕繚垣塗白墡繞砌綴紅英近市聞冰
盞趨朝見火城鳴珂朝走馬待漏夜張檠玉版箋初擘
金壺墨乍傾揮毫疑鳳翥得句似鯨鏗短李迂辛輩高
才捷足生盍簪羣倚蓋解帶即飛觥西笑眞堪羨東鄰
敢謾呈齊門仍挂榻楊路自沾纓燕定喧新語鷗惟憶
舊盟山房殘夢在何處晚鐘聲舊居聽鐘山房屢蒙下榻

丁丑夏自都門南歸舟過邗江獨遊湖上見壁間
雅雨都轉春日修禊唱和詩漫步原韻即用奉
呈四首

長淮漂泊旅人舟聊爲名都一逗留澤畔孤帆過北郭
天涯片笠返南州琴挂玉軫誰相識酒索銀瓶且自酬
我欲園林窮絕勝莫教掀攏便開頭

官署銜杯憶去年金英秋老畫簷前不緣久滯紅塵迹
應許同登碧嶂巔雪苑作傳枚叟賦風江已後子安船
二分我亦眞無賴又見清輝向客圓

曲檻雕闌四望通聯延池館路西東綠陰簾幕無煩暑
碧水亭臺受好風十里仙舟誇郭泰三秋破帽感王濛
平岡極目江天闊獨立蒼茫落照中

歸舟遙指絳河明隔岸猶聞玉笛聲樽酒醉添鄉夢劇

渚蓮香入旅魂清此間極樂眞成國何處閑愁尙有城
悔向長安淹歲月聽殘春雨鳳樓更

又次盧雅雨都轉紅橋修禊韻四首

花光夾岸擁仙舟觴咏艮辰競逗留一自江濱開鄭驛
頓令海內識荆州淸樽到處金衣勸好句成時錦箋酬
莫怪畫橈喧極浦風流都轉作遨頭

裙屐才名盡少年彩毫爭艷萬花前紛趨巨壑滄溟外
羅列羣峰太華巔曉日僧開無礙塔春風人坐總宜船
炊烟一片晴光合遙指江城碧樹圓

交流碧玉四橋通

輦路紆迴翠檻東曲沼春波涵
帝澤層臺仙籟下天風離宮苑轉窺青瑣絕嶠依稀認
紫濛此日太平傳盛事人人身到五雲中
看花老眼倍添明聽遍歌聲與鳥聲愧我文章真小技
喜君心跡自雙清笙歌隊裡長春國燈火光中不夜城
獨撚霜鬚賡麗句水明樓上月三更

欲晤程綿莊先生不得作此奉柬

君家住城北我來客城南兩度欲見不得見去年客金陵亦欲走謁未果憂心轉側真何堪丈夫饑困強謀活隨人寸步有檢括枉將筆墨作傭奴那許肝腸竟披豁鍾山蒼蒼蕙

帳遙中天畏壘仰高標思君夢逐秦淮水一夜先過如
意橋先生里居名

輓友人

人生刺促棲兩間商蚷馳河蟁負山溫飽妻孥心力悴
擔荷名義鬚鬢斑解嵌嚌衰寢巨室息肩乃可辭厥艱
君今懸崖已撒手貧賤虎夫何有獨持面目認本來
披髮騎麟任君走而已返其眞而我猶爲人金刀掩鋩
淮絕泗朔風孛涕徒逡巡蕭齋梅花對晴昊覓句與君
曾索笑揮杯遽成長別離一年遒盡復相弔送君安眠
到北邙歸來虛耗照君牀明年人日空相憶誰更題詩

到草堂

次韻贈沈沃田移居四首

新巢初闢爲藏書門外應多長者車聳羨是儀隣大宅未妨潘岳賦閒居藥欄花援百弓內淸簟疎簾三伏餘何事烟雲高卧處簫聲客夢未全除

旅翮氋氃寄一枝年年晝諾爲宗資羽書淸曉催成後宮燭深宵靜對時自是桂椒原共味敢言施洽本同姿伶俜此日還遥對棲息輸君竟強移

經籍紛綸愛大春丹鉛到處發硎新久慚折角甘抽簟自矢同心願結隣入室聊柯堪計日望亭攜酒更何人

鈔書倘許窺津逮鼠壤餘蔬足饋貧

清泖湖光漾碧流依然書畫上扁舟深村烟火纔聯社
長笛關山又倚樓縱使交遊盡僑札可能門徑付羊求
他鄉留滯終非計我亦棲遲願一邱

題姜如農先生遺冊四首

百年遺事不勝哀誰向昆明認劫灰留得吉光殘羽在
千秋常伴讀書臺

賢良三疏仰高風醉義韓門得所宗今日敬亭山下路
白雲空鎖若堂封

尺牘匆匆走筆時一腔空抱杞人悲不知光蠟重封後

何限臨風老淚垂

一經遺子硯遺孫幾葉淸風繞德門太息姚萇鐵如意
枉教千古費評論

寄汪草亭

遠望何曾便當歸吟魂只傍故園飛江迴曲渚潮音壯
人過中年酒伴稀齒至誰憐吳阪駕心空已息漢陰機
耦耕倘遂他年約千尺潭邊好共依

贈吳梅查四十初度

淮東詩人年四十獨抱巨筆輕華騶鳳凰孔翠耀彩翼
琅玕碧樹枝相繆買花愛傍蕃釐觀讀書慣入文選樓

偶然興發不可留張帆忽過胡豆洲披霧振策訪鄧尉
凌雲拾級登虎邱英雄王霸事已矣美人綦跡猶堪求
寒山古寺靈巖塔霜楓萬樹交赬虬奇景麗句相激發
山塘七里長虹流白衣尙書歸愚叟總持風雅東南陬
入門便許爲都講絳帳彭戴元亭侯歸來奇富詫任卓
明珠萬顆懸高秋銷寒更作瓊爐會蘭陵美酒香新篘
我今浪迹無人收江關華髮已滿頭當筵忽聽小海唱
爲君擊碎珊瑚甌雖辰大戊莫相笑丈夫祿命皆箕牛
余與梅查同歲

九日讌集讓圃小樓用東坡黃樓韻

方平麻姑休寵說我輩相逢高興發遥石愛尋竹逕深
登樓不畏苔梯滑矯首任吹林下帽傾心欲結莚前蕺
鬃榼攜糕饜老饕石鼎烹泉供細呷枳籬瓜架足剌藤
芋區蒔棱喧鋤鎛平野風吹木已凋小圃霜輕草未殺
堤邊岩屋來征帆雲外岭峅見高刹他鄉游子感授衣
愁聽繅車鳴軋軋主人持觴起勸客新篘莫負糟牀壓
吟肩倚樹自逡巡醉眼看山紛鋪靨寒烟幾樹啼暮鴉
吟夢一池留睡鴨歸路城闉夜未闌燈火磚街明煜雪

次日鮑步江疊前韻見示並索繼組率應奉詶

鮑子下筆郭衆說紙上颯颯清飈發險韻不辭貫札重

精思羣歎衆轂滑趁勢每使下瀨船用意偏能翻著襪昨日詩成已驚座雋腴堪共醇酒呷今晨忍俊復不禁有若輕輿下利鏵含毫笑我獨邈然噡舌使人俱駭殺江干同作無聊客寓廬各占城隅刹雨餘荒徑氣蕭凉霜飛晴原勢坱軋孤憤橯橯滿腹撐鄉愁黯黯兩眉壓燈下頻看劍脊寒樽前欲擊唾壺齾首尾誰知華管龍羽毛且溷冑旻鴨擲筆虛窗缺月沉秋階一片聲喧霅

次韻題汪氏所藏方士庶自畫天樂圖

檐前插葦荄門外懸椒圖爆竹喧春聲舊歲倏已除爐灰蘊黽藻硯滴氷蟾蜍黎明拜高堂子婦恭且娛棗栗

堆巨笲羨湯盈中厨矜徘曳篠驂合沓騰綵觚紆綬慶若若禮旛參如如老福太夫人得天應獨殊轉燭嘆流光淸淚瑩方諸此圖鎮常在此樂嗟已無米石知屢徙魏勿猶堪憮汪子好兄弟燦若雙明珠連城購和璧千金買湛盧欣然捧之歸愛若鳳護雛悵惘銜索蠹蛀嘗過隙駒披圖時三嘆咄咄空中書欲令澆者澹頰將寐者呼請看畫圖中西廂連踟蹰一一似我家堂陳與門塗傷哉瓶罍罄空羨陶家甀

棕亭詩鈔卷之八

全椒　金兆燕　鍾越

贈陳授衣

吟髭如雪鬢如銀，眞是天涯嬾慢身。執杖誰迎高士駕，僦居祇與大儒隣。寓董子祠側 吳山千里鄉心渺，淮雨三秋客夢頻。未必江湖長落寞，捶琴休向市中人。

贈金壽門

遊遍名山著異書，牛腰巨帙駭空儒。肮嗤承旨多凡筆，自笑宣和最贋圖。虛室禪燈修白業，古罌仙瀣養元夫。逍遥世族雖堪並，氣索其如大小巫。

宿鎮江贈鮑海門

西津渡口放扁舟江北江南足勝遊一室胸懷天下任
三山雲物海門收冶春麗句紗籠壁多景奇觀笛倚樓
偶到樊川花月地可能無意醉揚州

昭文官署寄盧雅雨都轉四首

扁舟催渡白沙濱又逐征鴻曉問津千里關河仍作客
半生踪跡只依人餘寒未變鄒生律殘醉難忘郇相茵
官閣梅花晴爛漫孤篷回首隔江春

筆牀茶竈列儲胥風雅香名絕代殊三載孤吟荒徼外
百年高會冶春餘似聞槐署方虛左未必荷衣便遂初

他日蒯緱交戟下定堪重曳野人裾
瓜步雲陽古驛連星輝遥盼思綿綿旌麾自擁江山福
壁土誰修翰墨緣花發好春三徑杳月明孤夢一帆懸
虞山邱壑邗溝水兩地蒼茫碧海天
漫道天涯若比隣津亭解纜倍逡巡酣歌十日還投轄
冷雨千山自墊巾捧手後堂知有日論心前路更何人
長江雙鯉應無限莫惜劉公一紙頻

喜雨用韓孟秋雨聯句韻

春夏時已淹華亭沈大成學子山澤氣始會萬壑潋炎
鬱金椒金兆燕鍾越百卉滌煩藹漫漫雲初屯丹徒蔣

宗海星嚴習習風正泰頹澗奔流泉大成厥堰沸怒瀨
重檐豐注喧兆燕央竇鳴潏大宿坽礆松杉宗海具腓
蘇蒿艾推車喚阿香大成將龍倩小奈汩汩水習坎兆
燕洋洋澤麗兌符簷縈炊烟宗海衢街學潮汰青苾園
甓中大成綠楊城堞外樵徑牛呼牟兆燕叢薄雀鳴嘁
蒉箬應淋漓宗海蘭蕙自黼黻茲土惟塗泥大成敷甸
嗇油沛禽哢餘沙鳴兆燕竹響澀乾籟客牀苦歊蒸宗
海旅服隨儉怺輕曳五銖衣大成奇結百花帶農圃吾
不如兆燕饑渴心無害居茲絰蕫時宗海正堪濬畎澮
遙睇思故園大成豐歲卜多穨四鬴脹膨脝兆燕五裺

說春蔡百室羣歡呼宗海八蜡足奠酹安得息征鞅大
成相與栖幽薈雲峯看崚嶒兆燕水壑聽磅礚瀑市疊
春蕪宗海凉衫披吉貝但期盈盎升大成不羨富廒廚
趨庭饒笑言兆燕叩門免貸丐底用觸炎塵宗海終日
疲輪鞅蒿鷃慣卑棲大成榆鳩難遠翮知未免三塗兆
燕定猶纏五蓋任嗤牛喘吳宗海但蕘苗膏鄗桐花淨
垂纓大成蕉葉潤抽旆爽體招新凉兆燕谿目袪宿靄
庭除聚泡漚宗海几榻拭埃壒索酒傾家釀大成烹鮮
得市膾飛觚角雌雄兆燕走筆競殿最怯欲匿下邳宗
海勇如虓小沛燭跋爆殘燼大成窓隙入碎霈且與歡

三餘光燕安用喟五太宗海

題程轅谷印譜

秦璽久無傳周鼓不可讀六體與八體蒙昧翳荒谷俗學師寸心六書厭抅束黝黜雖工姸烏焉紛舛黷偉哉好古士殫心追往躅源流泝倉籀炳爍摛篚縟纖腳良飛蛟昂頭矯翥鶻貞珉潤若瓊鐵筆利如鏃幾番雲藍雙紫泥光熠熠僕也本畸人愛古耽贉軸爰歷搜奇文凡將購祕牘正襟披繡褫如對鼎彝肅明月吐幽輝來照釵頭玉

呈盧雅雨都轉

憶昔飛來峯下住山僧爲我誦公句得意高吟喜欲狂

一帆便轉西津渡丙子秋遊西湖雲林寺聞寺僧誦公潮當射後知迴避峯偶飛來亦逗留之句因渡江至揚州投謁見公森然槐柳戟門稠也許書生半刺投東

帶延賓高閣曉遥花招客畫堂秋賤子江關蕭瑟久饑

驅慣向天涯走小邑誰供一片肝壯心空對三升酒去

年踏雪渡江歸又向鷹門試襪衣企脚暫眠徐孺榻窺

園遂傍仲舒帷浮雲飛絮原無着慷慨登樓欣有託幸

舍棲遲春復秋逢人便道此間樂官梅亭畔百花妍戲

譜新詞付錦筵翦燭尹班常永夕披襟孔李竟忘年祝

延今日逢高會滿堂絲管鳴仙籟煖室春生列障中晴

霞光閃重簾外天教風雅著耆英勝地江山倍有情雨度旌麾明海甸千秋壇坫仰儀型亂頭粗服吾何有欲貢卮言慚鈍口僞祿江淮信可招羊何山澤誰堪友明發驅車又各天衝寒直北路三千揮杯再拜別公去明月揚州夜夜懸

題翁東如小照

桐廬江畔釣竿欹成都市上肆簾撤山自厓巖水自澈乾坤何處覓高潔君家本住山水鄉具區虎阜遙相望半生閩贛走千里年年歸夢空蒼涼礬成素紙騰麥光置君邱壑眞徜徉晴嵐冷瀑千萬態盡歸尺幅相低昂

傳神直欲無曹顧寄興已足傲羲皇僕也展卷獨太息
此生此境恐難得每圖適志在寬閑其奈謀生多偪仄
以我沉迷簿領勞爲人褁纍冠裳色牕外春過尚未知
門前山好不相識書生頭白老鸞籠漫道壯遊周海國
古今擾擾貉一邱長鑱終老是良謀耦耕他日倘可遂
按圖與爾尋菟裘

題友人畫冊十首

溟濛春雨木蘭舟面面牕櫺罩碧油一片飛花過別浦
雲邊遥指十三樓
文甃長橋綺石塘野烟浮翠入迴廊桃花千樹前溪滿

紫氣瀾迴碧海洋

誰家亭館貯清幽茗椀爐熏不繫舟白髮園丁誇盛事
風前倚杖話
宸遊

畫樓金粉鬬鉛華天際初開一剪霞十里珠簾閒不捲
綠楊風裡自夭斜

清樽莫惜酒如淮景物紛披遍野隈一角遥嵐看不厭
隔江山色送青來

門掩修篁閣倚松鶴巢高望濕雲濃半坳空翠園蘭若
深院寒烟聚晚鐘

僧厨蔬筍野田蔡隨意都籃便取攜更乞松明然夜火

不教歸路雨中迷

三春短夢是殘紅莫向高樓怨曉風只有梨花躭寂寞

雨情烟態有無中

曲渚迴舟暮靄橫寂寥人境喜雙清讓他畫舫明華燭

簫鼓中流鬧月明

虛壁張圖坐屢移秋燈孤館夜遲遲何時同續揚州夢

擁鼻空吟絕妙詞

送黃芳亭北上

客從新安來訪我揚州市春風三載一相逢天涯歲月

眞如駙君作儒官祿已微我猶側翅隨人飛男兒一飽
不易得況事筆硯求朱紼直北塵沙日杲杲送君又上
長安道豹文澤霧已堪騰鳳策聯華須自寶黃海春山
萬樹松知君歸夢曉雲濃九衢飲罷團司宴定憶雲門
最冷峯

舟中雜詠六首

圍棋

莫厭歸程緩聊爲永日歡子聲雙岸靜波影一枰殘小
刼爭何益浮生局自寬家山饒別墅休更憶長安

摺扇

熱客何須避清風不厭頻展舒應在我曲折豈因人歆暑三庚節彌漫十丈塵飄搖感身世一愴曲江神

杜集 德州盧世㴶營杜亭設子美像自號杜亭亭長故結句云云

少陵膏馥在把卷得遺型體勢尊諸嶽光芒炳列星七歌頭已白三賦眼誰青前夜抽帆處蒼茫過短亭

麈尾

王謝當時物於今雅製存閒情忘劇暑隨意共清言但使休垂壁何勞更杖闇所悲同篋扇秋夜獨銷魂

方鏡

開匣一泓朗整冠雙鬢星只堪矜皎潔其奈少圓靈顧

影知全幻探懷悔錯聽不逢負局者誰肯爲磨瑩

斧硯

小硯形如斧天然品格眞鈍根惟自寶利器不堪陳肯易他人宅聊爲此日隣羅文誰作傳淚眼又三春

舟中贈同伴客

不信蕭條下第身也乘官舫作歸人論心客路交偏晚到眼家山看漸親但得深杯浮白墮何須大道碾朱輪濁漳纔過還淸濟日日烟波景物新

舟中與其載者醵飲

勞勞襆被客中身宿鷺眠鷗也笑人意氣融修誰等輩

關河袁灌卽天親浮家且自隨雙槳醵飲何妨更一輪
矯首雲峯眞太幻白衣蒼狗幾番新

黃河阻壩同姜靜宰孝廉作

浪山波岳驚奔雷三日留滯運河隈人生蹭蹬有如此
呼君且盡掌中杯大艑長纜繫高岸檣燈歷歷明星亂
盤渦巨溜漸逼人篙師耳語聞愁嘆白銀盤子懸天東
淸光萬里澄秋空開船夜半劇酒戰鼻端出火耳生風
秋風滿衣淚空灑湖海飄零何爲者家山計日尚難到
何況陳書魏闕下深杯入手君勿推鐘壩明日舟當開
無端聚散不可料安得合并千古如河淮

贈汪存南六首

鎩翮歸禽返故枝秋風庭戶樂無涯傾心人海求袁灌
不及東鄰繫所思

天涯回首悵空羇千里關山夢裡隨漁弟樵兄無恙在
悔將歲月老鞭絲

孔闈聲名邈謝朓盧諶係餘待劉琨何如故里秋光好
籬豆花間一共論

紙勞蟲瘁未衰池東向牛腰不暫離總是江關蕭瑟句
勞君珍重索新詩

槐根蟻穴競殊勳衣狗蒼茫瞥眼雲隣笛高樓明月夜

聲聲淒斷不堪聞

身心太息總相違那得家園老薜衣自笑稻粱謀未得逐霜征鴈又孤飛

新柳三首

鶯語初調欲弄梭開簾已覺晚風和也知夢斷愁無着又見縈成喚奈何高閣宛延通翠氣迴塘迢遞映清波麴塵影裡休凝望油壁輕車積漸多

挑菜年光問陌頭落燈風物漸和柔舞腰初試猶無力困眼將舒已帶愁頓覺酒帘花裡潤不須麥浪壠邊稠輕霜昨夜猶相忤禁勒春心未許浮

小圃周遭護短籬臨風裊裊復垂垂忍從客裡輕攀折未省人間有別離慣與梅魂慰幽獨肯教蝶夢惹相思綠衣年少休輕負管領春光是此時

登金山

蒲帆十幅發濤灣忽見中流擁翠鬟彈指已驚登彼岸回頭不信有人間高樓雨過鐘聲潤孤嶠雲歸塔影閒暝色春愁吟未了落花風裡到禪關

雨過京口

江風吹急雨暝色上高城晚市寒烟聚春田野水平依人成浪迹作客信浮生放棹中流好深杯且滿傾

人之語集堂前之翡翠秋做銀屏翔湖畔之鴛鴦波明
綺縠締良緣於二姓成嘉禮於百年筐篚遥將絲蘿永
託恭維司寇錦衣世德繡水名家躡契踐夔千載覯明
良之遇淩顔轢謝九州推風雅之宗品重螭坳早冠蓬
瀛之侶風清狴戶久祟槐棘之班父子同官詠緇衣於
鄭國身名俱泰紀緑野於裴公十載優游荀何山澤千
篇著述燕許文章官驛遞詩筒遙和
九重之作江花迎
御輦慶承
三錫之榮棨戟門庭著韋平之閥閱枌榆里社盡羊鄧

之姻連某族忝四爨才慚入米九衢冀北憶當年文苑同登一水江南喜此日吟壇竝據綠楊城郭慣迎郭泰之舟紅燭笙歌每下陳蕃之榻樽前側帽花底披襟羡君擘掌上之珠笑我舐懷中之犢念前此童孫薄劣蒙嗣君已許乘龍而今茲老友綢繆顧弱息又誇乳虎爰篤舊姻之好載尋嘉耦之盟藍玉初芽赤繩先繫歡騰閭闔共言姪有姑從喜溢門楣應許壻依子例用肇問名之典敬陳納幣之儀家人卜厥袂貝媒氏睨其柯則温臺寶鏡先兆團圞江翦巾箱預徵婉孌錦鋪五兩看綵結之同心玉列雙宜知瓊英之比德朝霞暈紫啖生

纏臂之金曉黛紓青影映貼眉之翠嘉禾城外祥雲籠瀰匯胭脂檇李邨邊喜氣散一樓烟雨伏願道高嶽峙望重冰清閨中傳伏氏之經八遵模楷庭內稟顏家之訓化被葭莩郭瑀高齋席獨分夫劉晒韋詵後圃衣無笑夫裴寬從玆攜手山中畢二老向平之願芒看齊眉廡下傳一門德曜之賢卜文定以厥祥薔德音之來括矣謹啟

代趙轉運孫與沈高郵結姻啟

恭惟老年臺先生八詠名家三關著族東堂射策鴻文摛上苑之花南贛牽絲佳政偃下民之草更剖符而作

牧遂浮艦以臨江照千里之光華湖邊珠耀振一方之文教臺畔春多茲當豹變之晨共切鶯遷之慕聽城頭之曙鼓健犢方酣颸湖畔之晨旌浮鷁復至騰鬢社之光芒布華胥之樂境過多寶沙高之地雅愛文游入微雲山抹之鄉便思佳壻乃五琅福曜正瞻海上仙鳧而片玉榮光先卜雲中瑞鳳頌神君於召父嘉石銘心問嬌女於左家明珠耀掌某政循冬日才謝春華宗職濫叨趙璧幸承手澤劇司久任吳鹽但滿顛毛鞅掌簿書笑含飴之靡暇關心堂構愧傳硯之無方念小孫騎竹庭前未受魯論之半知令愛辨琴窗下早窺班誡之全

柯羨桐高竊盼孫枝之繼茂波欣河潤定容壻水之先
沾伏願照以冰清賜之金諾雀屏乍展慶蔦蘿松柏之
長縈鸞鏡先開快環珥瑜瑤之競爽藉此日一雙白璧
訂同心於總角之初討他年百兩朱幩娱老眼於懸車
之後敬將赤繫敢布丹忱謹啟

寄雙有亭學使書

蓋聞遇伯樂而要之車難爲良馬値風胡而躍冶定匪祥
金綠綺既調豈宜更思夫爨下紫珍雖朗自應永託於
篋中苟其飽笥裹之餘花遂辭楊館閃壁間之幻影竟
遂陶梭則指頂而羣詫乖人郎撫膺亦自嗔怪事然而

情牽骨肉枝頭多壹宿之鳩性怯風飈天上有退飛之鷁茁故畦之小草祗願芘根決央竇之細流終難入海是惟仰帲幪於知已乃終始鑒其無他如將喻肺肺於旁觀自顛末疑其鮮當伏惟大人儒林圭臬士類楷模著奕葉於韋平邁衣冠於王謝寓金閶之豹直酒飲三辰濡玉署之龍賓書窮二酉頻恢珊網貢天府之奇琛獨挈冰壺作八倫之巨鑑波騰學海掌秘翰於西清光耀使星駐輶軒於南國張洞庭之樂滿谷滿阬建畏壘之標羣尸羣祝盧諶條幹書記盡擅翩翩庾杲芙蓉令史俱稱了了乃復借鉛刀之一割用佐調羹勉令抒襪

綫之微長以資補袞扈座上周瑜之韻濃若飲醇聆谷中鄒衍之吹暖如挾纊論文促膝宵爐則獸炭翻紅索笑巡檐朝雪則雀梅點白泛江邊之靜緑不辜嘯詠於袁宏尋山畔之孤青竊幸聲名於孔闓從此進轂城之履敢後文成自當隨函谷之車甘同徐甲況値春風豹尾歡迎

翠輦於淮瀆曉日螭頭競謁帷宮於江步傍牖邊之曼倩定覩仙班隨臺上之裴君應窺日窟而乃小人懷土佳節思親歸夢迷離輾轉陳蕃之榻旅顔憔悴傍徨王粲之樓本謀執弭以相從忽告褰裳而欲去盟渝息壤

委一諾以何輕杖棄鄧林畫半塗而自廢參佐皆譏其謬僻童奴亦誚其猖狂而大人乃曲賜矜憐代爲侘傺謂枯魚銜索自難久曠夫晨昏思嬌鳥嫌籠何事更彊其飲啄不惜借帆之惠爲抒陟岵之嗟顛倒征衣人笑驚如胡蝶低徊客路自傷懸若蠒蜳涎涎飛飛燕豈有憯於戊已堂堂策策魚猶永戀於庚辛載别台慈幸蒙福曜喜扶鳩之尚健黃席重温慚對鯉之未工萊衣獨曳山中皃犬栅裏雞豚少伸孺子之情皆拜仁人之賜今夫侯嬴空館英雄每奮臂以踟躕豫讓荒橋烈士尚盱衡而嘆嗟所以古人垂訓知我與生我齊觀往哲有

言感恩定酬恩有地兆燕荷衣賤質柴轂窮居年丁潘岳之二毛才乏阮宣之三語何期鼠璞謬逢眞賞於下和豈意牛溲亦獲兼收於醫緩忘其瘨痏假以吹瑩燕王則臺築郭隗嚴公則牀登杜甫是卽懷中探策應難紀德於比干縱使夢裏銜珠未足輸忱於元暢所願崇占鼎鉉早陟沙堤勒姓氏於凫鐘續丰標於麟閣歸飛德宇應儕相賀之禽遙被恩光庶及不枯之草竹頭木屑猶堪待用於佗年舄委簪遺請勿縈懷於此日望屬泥首指日銘心敢布私悰統祈鑒察殘醺猶在難忘丙吉之茵假寐空勞還憶郗生之帳雲山渺渺定知虛座

於虞翻鱗羽息息懼類空函於殷浩

道光歲次丙申孫珉謹編次

曾孫醻

醍校字

棕亭駢體文鈔卷之六

全椒　金兆燕　鍾越

書疏文

寄吳岑華先生書

自別芝顔屢承蘭訊吳鉤欲鑄術昧干夫楚玉空悲毀同庚市初平叱後石詎成羊葛叟仙時桐難化虎歌殘勑勒知塞北以何年望斷扶搖歎圖南之靡及琵居寥落靜憶前歡子處淒清興懷往事習池春暖蔣徑秋深攬裾多肺腑之言促膝有雲霞之槩割牛心之炙華袞逾榮聲麈尾之談金鍼暗授此則感深徐甲常隨函谷

之車誼重薛収永侍河汾之席未足喻其款素盟此私悰也運際隆平時逢熙泰沈詩任筆竝侍楓宸邱錦江花競躋芸署乃以大賢之望特崇右史之班四戸蜚聲三才騰譽紫薇省裏豹直兼青紅藥階前雞棲樹碧頭卜邅匀淡墨臚唱無雙蓝看沙拂平堤治歌畫一政當瀝耳彌用忺懷竊有二端敢申一語側聞古人之論最重裕昆緬惟先達之言尤隆錫羨是以庾信關河之際每賦傷心宗元瘴癘之鄉尚思繼體況位處蟬冕之列身居燕趙之區佐慶卿之酒持觴豈乏美人校宋祁之書爇燭宵惟麗豎尚遇李家絡秀思援周浚之門遂令

羅氏倚風獲待韓王之帳將見琺生碧海玉蘊藍田季堅輿崔輯之宗進集纘阮咸之緒不其然乎更有請者元經申鑒皆才人不朽之資胜史叢談亦學士難刊之業昔趨棐几快覩錦囊潤古彫今夥張融之玉海抽心呈貌邁蕭繹之金樓然而襲之巾箱未必不脛而自走弆之篋衍恐難無翼而能飛品重圭璋雖云不粥氣騰干鏌豈合長埋是宜授以雕鐫命之剞劂定佳文於敬禮不待曹丕續新論於桓譚無勞班固則裒成𦆀纚羣鶩宛委之編澣以薔薇不蝕羽陵之蠹敬呈蠡測伏祈鴻裁巨製祁寒不辭而責豈聞道甚褒日方之仁志中舉

恥一室之間蝨處敝褌不識埏紘之大蛙居眢井難窺日月之明玉笥白龍宇下非長棲之地金環黃雀篋中豈永託之鄉緣是毣毣而自思未肯鬱鬱而久處矣況以原憲居貧劉陶誕節曹景宗黃麞之樂邈爾難期范子眞白髮之年倏焉將及悠悠鄉里孰愛任光兀兀辭章難逢楊意板牀壓冷土銼烟銷寒漏三更柔腸九轉欲箋天而無語思縮地以何從擬於來年從茲作客如其入州都督記室需人三輔名豪曳裾有路幸爲說項不惜推袁但寧庾杲之蓮便負仲由之米凡諸喁望悉賴吹噓倘借聲援曷勝銘鏤嗟乎白駒徃再共傷來日

之大難緣饗蕭騷誰識此君之小異採盧諶之條幹倘遇劉琨立孔顗之聲名還希謝朓聊憑尺素不盡寸丹

建隆寺募化齋糧疏

蓋聞維摩舍裏堪邀香積如來忉利天中必過能仁大士三千世界十二因緣以無所住而得法清淨身必廣所施而獲檀多羅蜜所以銀錢五百便拈善慧之花寶益千八盡禮藥王之佛鉢塞莫持來浩刼不如喜捨在心鞞鐸佉邏向須彌無過化慳爲善揚州府城北壽寧街建隆寺者毘尼勝海布薩叢林面江甸以開基繞淮流而立剎地近謝安之宅水木清華天連吳淨之城山

川秀麗弔重進千戈之壘毅魄猶存訪道堅鍾磬之堂
妙香斯在雕甍繡栭招怖鴿以高棲珠絡金繩振法螺
而萃響展趙宋御容於舊榻猶想英風誦參寥逸詠於
虛龕尙懸明月逮
皇朝之奠宇尤佛日之增輝羽葆霓旌牆外即六飛之
輦路松風水月堂前皆七祖之禪宗八正門通三明道
廣看花客到無非支許之流聽講人來盡是宗雷之彥
檐前鈴語留秀支替戾之音枝上禽聲徧格磔鉤輈之
調優波提舍祇夜修多聚八百之應眞得一生之補處
然而繞門翠浪無法琛可種之田滿座緇流少宏忍堪

吳石屋以窨泉試君山茶招飲賦此爲贈

小甕貯寒泉清淺不及尺頻將羅濾沙不勞綆轉極疏
布冪其顛有如髻韜幗晴窻試啓蓋相顧各暢適茗飲
劇清談不寐願通昔烰炭懸筐輕泥爐選徑僻癖盦嵇
康鍜嗜豈阮爭屐天涯聚羇旅各自爲形役名任呼張
顛性雖變汲直愛慈快雪後虛室自生白君言我友餉
此物勝仙液蒼崖浮洞庭波浪齧脅腋舟楫少不慎頃
刻罹患阨採擷冒艱危鈐焙屢更易無異得綏桃肯同
嗜秦炙湯勳今足建小啜更細繹請與屏塵事切勿延
俗客冰消簷瀑清更拭柴窰碧

贈汪稚川

相見郎相別相看各黯然十年眞一夢分手又江天老去聲華淡愁中歲月遷何時重載酒三十六峯巔

和趙恒齋都轉九日遊平山堂原韻

飛蓋平岡路轉盼萬松蒼靄入雲涯穿林不用防吹帽開閣偏宜共坐花明月高樓金縷曲寒烟古渡玉鈎斜看山更有登樓客令節那知宴會嘉

除夕示臺駿

除夕頻爲客今年與爾偕家山初轉首樽酒且開懷憶毋知天性温經識聖涯及時須志學莫負歲華佳

爲沈定夫題漸江和尚仿倪雲林小幅四首

禪味宗風腕下收恕先一角澹如秋張來粉堵看三日
便向官齋作臥遊

茆亭石徑自迴遮愛對清流泛淺沙閒向牆根拈竹葉
好尋獨樹老夫家

莫嫌短髮已蕭蕭潔癖迂懷老未消一笑倪家枯樹法
畫中也學沈郎腰

樓臺金碧綠楊城日日丹青障裡行那得百弓塵外地
與君閒坐話無生

椶亭詩鈔卷之九

全椒　金兆燕　鍾越

春正三日過雲聯叔寓廬不值爰以一篇柱寄率

爾奉訓

飛鴻翔羽儀中澤入不識豫章挺千尋構厦遭斲刻吾叔標孤清身屈緣道直年已隣桑榆官猶靳銅墨歲宴歸柴荆仰屋自太息千祿傷蹉跎避債苦偪仄解韈未彌旬飢驅仍旅食敝裘短及骭寒涕凍垂臆守歲廣陵城孤燈照暝色揚州十萬戸奢綺相排抑綵勝羅紛綸椒圖侈雕飾珍饋結要津所費動盈億誰肯吹鄒律一

爲拯淪蹇小子慣羈棲樊籤戢羽翼獻歲獨懷鄉假日
聊行國寓廬走相尋空館求弗得良覿悵乖違新詩驚
絕特人生常役役聲名與官職文字誠工妍詎足起僵
踣春風滿故園芳草漸如織安得嘗莬裘耦耕舍南北

贈朱星堂

朱居士清且眞數椽老屋荒江濱行年四十抱書癖牙
籤屆尼庫露眞與來一葉浮前汀攀蘿剔蘚捫山屏大
字獨愛瘞鶴銘三日坐臥幽巖扃歸來襟袂海氣青放
筆直欲追眞形近年詩篇脫塵滓瓣香獨爲沈夫子沃田
先生明月衣香人影中道上疾謳不覺恥沈夫子道神明

說經談易聲鏗鏗與我無能久相逐十年同客揚州城論詩弟子遍南北尹儒秋鶩君最精我本天涯骯髒客衆中慣自矜標格李邕六絕驚當前手斂薑芽頓喪魄朱居士眞可入鬚眉之際古意存路旁芒屩許我着何須濯足金蓮盆

爲華亭周貞女賦二首

會波村畔泖湖陰白石清泉見素心入室慣看孤影月披幃只拂獨弦琴鏡中自分無膏沐夢裡何曾識藁砧此日貞松多晚翠補蘿茅屋已秋深

旌門

天語作宣麻邮緯彌教涕泗加殘着只完姑婦局孤根猶抱女兒花鬱生志節差堪媲道韞文章未足誇應笑渡江年少客洛陽何處更爲家

吳杉亭舍人僑居邗上余亦攜兒作客即令移寓就婿共送歸里禮筵之夕賦呈杉亭兼示同社諸子八首

賓鴻雲路各將雛漫學朱陳嫁娶圖何日耕田求白璧但教儆舍作青廬百年預計成翁媼一局驚看叉婦姑辛苦半生肩未息樽前且共捋髭鬚

秋堂華燭艷黃昏新月遙天碧一痕乍可侯庭兼侯著

非關求繫復求援邢譚襟袂追先契秦晉丁壬本世婚
稚齒遠離休重念明珠會借掌中温
彭澤癡兒學尚慵高標且倚丈人峯摛毫幸入閻公座
咏絮難追謝女蹤豈有遺金供舐犢敢勞對玉許乘龍
伯鸞臯廡而今少不向人家更賃舂
喜氣今朝訝滿庭漁童也自耦樵青小奚亦於是日納婦水花並
蒂明前渚文翼雙飛過遠汀召客飲宜謀十日當筵光
恰麗三星不須繡段褰檐額滿壁華箋燦錦屏
歸飛秋燕自呢喃松菊荒齋徑憶三笑我名兒仍以客
知君愛女甚于男吹簫詎引臺前鳳作繭眞如箔上蠶

火急粗將身事了一燈彌勒便同龕

桑根舊隱指家山計日扁舟共載還機杼聲中城郭小

翦刀池畔戸庭閒服勞好共修雞柵偕老應同守鶴關

莫似阿婆嗟命薄年年明月盼刀環

上車已落氣猶豪棗脯堆柈饜老饕佐餕羹湯先作鱠

到家時節正題糕飄香羣羨瑤臺桂結子堪占露井桃

孝順宜男吾願足人間富貴總鴻毛

春風歌吹綠楊城聽遍高樓夜夜聲蓬轉屢爲彈鋏客

萍居難作受廛氓良朋合沓新詩就遠道蒼茫別緒生

轉首君歸鳳池上看余五嶽自孤征

次韻送吳杉亭舍人入都四首

祖帳離筵傍古城一杯愁對暮潮生涼蟾東上依依送濱雁南來欵欵迎別路倍添羇客淚遙山應觸故鄉情茱萸灣畔分攜處目斷清淮夜火明

客裡長淹便似家淒其歲晏孰予華授衣節近秋風早載酒園空落日斜未免寄巢甘短翮枉將成綺盼餘霞鳩榆鵬海從今判須信人生各有涯

驛路三千岸柳青一鞭歸馬昔曾經殘陽隻堠仍雙堠秋雨長亭復短亭閉戶何時容偃蹇倚樓終日自竛竮耦耕倘遂他年約鷗宅還應近鶴汀

槃敦詩壇自不磨良朋聯袂盡陰何吟殘流水鴉千點
題徧名園竹幾科舊館從知良會少新篇定爲別情多
鳳城三月春如海可憶江南子夜歌

同蔣春農舍人登平山堂時春農有修志之役因
用漁洋集中韻作長歌贈之

平山堂檻霏煙霜千載遺跡尋歐陽樓臺金碧換八世
何異鑿枘乖圓方我輩作活仗文字如魚策策還堂堂
紙勞墨瘁費排纂苦心那顧顛毛蒼穿珠堪笑藉游蟻
吒石安得成羣羊鑿坏縱欲效顏闔建標未免同庚桑
江流南望何湯湯君家遙指大江外寒流北固當空揚

我亦對此感茫茫欲歸不得歲云暮牛衣獨宿悲壯士章
憑欄放眼試縱眺召伯之埭陳公塘古來不朽定有在
景行前後俱褰裳平臺賓客憶梁苑名園花木懷辟疆
看君逴躒奮椽筆精光耿耿相低昂醉翁亭畔古香發
乘興我欲治歸裝

聞江橙里自浙歸柬之

清秋海日懸孤光桂枝偃蹇葵花黃蕭條空館仰屋梁
懷人正抱冰炭腸忽聞歸客初解襄襟袖尚帶湖蓮香
急謀執手探錦囊舊遊更詢西子糚一語告我喜欲狂
詩老乘興呼秋航吟筇計日來蜀岡納婦占叶鳴鳳鏘

舊友奮袖低且昂各振旗鼓開詩場鈴音側聽劬禿當
我亦守門憎顛當誓將突藩同羝羊十日爛漫醉爲鄉
釀飲速具軟腳觴東籬菊下選蟹筐踏歌不負今重陽

漫興寄侍鷺川

貫月仙查碧海長銀濤何處盼扶桑飛花繡戶空回首
小草幽巖亦斷腸不向孟施看得失敢從凡楚論存亡
石橋自有天台路莫信桃花賺阮郎

贈洪夢巖亞夔兄弟

君家兄弟不可當雲中鸞鳳雙飛翔節節足足鳴鏘鏘
竝影霄塄騰八荒矯矯下視鶩與鶬銜尾接翼隨顏行

左辟不敢相頡頏迨邁家學世克昌乃祖久有休烈光膏馥沾丐翰墨場二洪海內名字香卽今鮐背壽而康課孫猶自理舊章阿翁鳧犬懷倉唐釋褐不肯躭銀黃言歸子舍愛日長俯仰作述臻一堂天倫之樂樂未央他時星聚稽家祥人人有集盈縹緗聯珠定首推羣常我老三版難築糠荷衣不識宮錦坊少年祿飾宜芬芳努力好爲時世糚集賢學士如堵牆

送門人趙樸存就婚保定

送爾求凰上
帝畿莫因小別悵臨歧閨中琴瑟堪爲友客裡雲山自

得師立馬三關千帳遠聞雞五夜一燈遲壯遊耳目應俱展博議須成絕妙詞

　小山和尚於十二月十九日張東坡先生像邀同
　　人作生日會余以事未赴

寒香館中快雪晴天燭丹燿梅九英伊蒲淨饌怪石供髯翁遺像懸南榮無遮大會滿兜率瓣香爲公作生日詩人聯袂盡秦黃道山千載喚公出我亦身如不繫舟十年漂泊老揚州男兒墮地苦刺促身宮未免纏箕斗臨風空奏南飛鶴羈棲咫尺辜良約何日禪關一拜公棗湯獨共參寥酌

乙酉除夕守歲待發四首

自笑貧家也擘鮮束裘未了便開筵屠蘇酒入離觴後
不信燈花是賀年

枤杜生涯本道周妻孥今夕且相酬但期晚歲如翁子
明旦行歌肯便休

別緒年年悵九秋停鞍半月便難留離人殘歲同惆悵
溝水明朝各兩頭

三朝諏吉趁時晴拂曉先看短策橫懷鏡不須還響卜
山村寒夜正無聲

丙戌元旦曉行

蠟炬盈盈夜未收昴車作作曉星稠家人方爇爐中火客子先披道上裘彩燕從他爭挂勝蹇驢隨我且驅愁豐貂煖蟄揚州帽不負平生子羽頭

過貞孝成大姑墓

射陽湖邊有奇女操行卓絕邁今古守志幾欲截其鼻療親不惜夷其股凜然正氣留乾坤獨擕貞孝歸黃土露筋俎豆淮水湄吁嗟此女真堪師女郎祠畔神鴉舞兩岸官船擊大鼓何限蕭娘與吕姥

曉過露筋祠

野岸縈炊煙叢祠依沮洳林日明朝扃川光遠相助輕

雲起天末冉冉如壁絮舟程愛曉行風物澄百慮清磬
出松篁寒汀集鴉鷺幽境澹無邊沿洄不能去
百城煙水閣贈程魚門四首
皎月懸清秋影落澄江水客子逢故交相對浩歌起元
造宰化機隱顯有妙理七日豹欲現六月鵬必徙吾子
抱經術干時守貞軌生當
隆平日詎肯老蓬藁異寶呈琅玕巍棟構杞梓致身逢
良會一息定千里所操自有眞聊以奏小技
三代觀民俗必先採風詩作歌以見志發言爲衷旗後
世沿末流但知工摘詞鳥空與鼠卽安用聲響爲君爲

斯道憂古心獨堅持僞體盡別裁風雅益多師鬱鬱雜
實鐵一夕躍中池寂寂夔下桐一朝絃朱絲飄風方自
南矢音亘匪遲

小艇泛秋水言過朱雀橋園林當夕陽古木何蕭蕭興
廢百年餘猶傳百子樵僉王弄翰墨無乃辱風騷君來
發長喟因之歌短謠俯仰愴中懷彳亍臨堂坳往事不
足慨新月聊堪招命酒共作達千古正泬寥不見石齊
奴金谷委蓬蒿

淮水流湯湯怒濯天妃閘我昔乘輕舠急溜逐鷗鴨湖
嘴幽人居深巷一徑狹盱衡來去帆當門如排簉小拚

容跁跒促膝笑言洽扣舷誦新詩魚鳥互喧雪草草邊
成別三年同一眨相思忽相見相見自顏甲雙鬢已蒼
浪佳句當何法

丙戌五月出都吳杉亭以詩贈別賦此詶之四首

回首西山晚黛垂一帆又挂潞河湄微生只合巢蚊睫
野態空教到

鳳墀夢蝶光陰全是幻涼蟬風味已堪思轉憐疇昔分
攜日容易三年訂後期

潦倒關河欲斷魂半生踪跡不堪論殘年得飽儒官飯
舉室皆沾

聖主恩塵土征衣應可卷丹鉛舊業尚堪温孫劉原未曾相識莫羨三公佩黻尊

敢言稽古便梯榮攬鏡空悲白髮生捕雀入皆嗤掩目畫龍誰與更添睛秋風迎客催歸棹暮雨懷人闇禁城兩地相思此何極莫辭延月一飛觥

半載相依對一燈匆匆便作打包僧關心遠道惟兒女樂志他鄉賴友朋避暑習禪從爾懶看花結伴憶余曾二分矯首揚州月好理扁舟與再乘

與林名露孫名希旦二孝廉同舟南歸至淮賦別七首

回首燕昭市駿臺仙葩無數倚雲栽却教莊叟濠梁客
枉向裴君日窟來千里勞薪愁暮雨三年空館閉秋苔
不緣歸棹逢卭友懷抱何由得好開
諸君才調盡飛仙傾蓋眞成翰墨緣爽朗襟懷宜水月
淋漓篇什走雲煙自知郊島多寒瘦敢向盧王較後前
莫怨征途羈滯久催詩正好晚涼天
涼宵倚檻更搔頭天外殘霞澹未收四五點花村女鬢
兩三星火野人舟此間幸隔儀同面今夕休言洗馬愁
更待高林明月上舉杯同作弄珠遊
一髮青山露曉痕永嘉歸路指台溫羨君斤竹嶺邊宅

恰對沃州山畔村入社羊何堪結伴感時屈宋莫傷魂
他年雞黍如相待風雪維舟試叩門
小舫居然一畝宮洞房門戶自相通慣看垂岸花無賴
且喜開樽酒不空斷續鳴蟬深樹裡參差遠岫晚煙中
誰家水調臨風曲疑是當年盛小叢
征衣一月浣京塵便作逍遙物外人顧我獨鳴中散調
看君更待上林春即今名士逢時少自古高才下第頻
試向靜中觀露電存亡凡楚孰爲眞
促膝兼旬寢食依忍看梁月便虛輝三江波浪雙魚遠
千里雲天一雁飛感舊定知懷抱熱相思莫遣信音稀

可知木落淮南夜獨客秋深尚未歸

雲聯叔自金壇以詩柱寄依韻奉訓

生逢

休明世讀書苦不早垂老看春花白髮已輸青鬢好虛名南箕與北斗畢生碌碌竟何有澼絖封侯各有命至竟同此不龜手八生飲啄隨所宜食薦甘帶寍相知江淹自分已才盡李廣何緣亦數奇百感紛來無次第松楸故隴淚難制霧裡誰憐澤豹饑粱間只合山雌鴣瓜了炒豆瑞草橋故里耆舊皆我邀偶然笠屐出近郭棗湯還許同參禽野老與人正爭席啁啾簷雀紛千百我

本無心出岫雲　鼠卽鳥空詎有迹漢家廣受皆暮年薄
秩何堪歲月遷　栖栖勞翮各已倦耿耿熱腔空自然望
道半生仍未見　自笑觀河餘皺面何時一對故園花內
集還爲謝庭宴江南江北役車休煙水相望星又週天
涯但得數相見何殊開徑招羊求明年沿牒渡江去紆
棹便爲長蕩遊

聞程南陂先生道山之赴驚愴彌日再疊曩年奉
訓原韻四首寄輓碎琴千古不勝洙泗橫流也

丹臺金鼎九還成玉册先標綺夏名鹿駕俄驚迎衛叔
花瓢誰更伴宣平春雲海上堂堂去明月峯頭冉冉行

回首塊蘇陳迹杳空教人世羨哀榮

詩書門第重元成年少天衢已策名北海交遊皆俊及

南豐身世際

隆平雙扉青瑣含香入一逕丹崖荷蓧行賀老嵇山疎

放久鑑湖猶自紀

恩榮

百尺豐碑馬鬛成應教金護賈逵名生徒上冢來林吉

賓客升堂憶孟平燈下誰同深夜酌花前猶似小車行

不堪寂寞東園路木槿朝朝獨向榮

千里家駒項領成蘭階詒厥早知名曾占星聚羣隨寔

定有經傳敢繼牛舊徑羊求休繫念高城丁石好偕行只餘麈扇江頭客名士千秋感顧榮

同程筠榭赴儀徵道上作四首

帆影周遭樹影重河干小徑傍高墉羊頭車子同危坐一笑眞成蟨與蛩

溝水東西十里長春風吹過綠蘋香叢祠也似江南景簫鼓村巫賽蔣王

野店青旗過短橋林間沽酒愛山瓢幾村歷落遙相對便自區分大小茅

處處沿流響踏車非關田叟急桑麻直看河底深千尺

好聽江聲走白沙

天寍寺

古寺近通廛市聲朝暮喧老僧閒闢卧孤塔入雲懸欲共傳燈侶來嘗慧日泉何時脫塵鞅歸老鵲爐邊

同程筠榭送其令子中之入儀徵署縣試

禪關春夜寒厭厭更漏欲盡月在檐僧雛騈首正鼾睡奴子啟戶勤探覘錦衣丱角雙玉立摩厲待試文鋒銛郎罷不寐檢點細翰墨粔籹同一奩有似阿母送遠嫁關心箱籠帬幃襜須臾忽聽雞三發籠燈漸見人來僉奔趨童冠競逐隊小戰亦各知勇兼我來壁上竊寓目

雲翮翔旟看飛鈴三十年前憶疇昔食牛虎氣會騰炎
自謂青紫便拾芥誰知竿竹難升鮎既壯方獲鄉里舉
公車七上霜侵鬓苒年垂五十博一第棄置仍作泥中潛
讀書本志豈富貴致身却忌年歲淹譬彼老馬筋力盡
雖入閑廄誰顧瞻祝君千里一蹴到遠騖宜趁朝光暹
單席洽地榜垣棘最易崩追日赴崦負手倚柱語未竟
鈴下發昫傳三嚴差肩少俊各匿笑此老灌灌眞買嫌
魚貫既入扉既闔晨曦正滿橋東帘

題方漱泉讀書圖

氣韻藹如春雨香精神皎若秋月光披圖相見即相識

但驚紙上顛毛蒼別君彈指十年久十年人事靡不有
君厭冷官已棄捐我為賸客猶奔走一生偃蹇坐書巢
老向元亭未解嘲已悔亡羊因挾筴如何夢鹿尚尋蕉
請君勿復鑽故紙脉望神仙能有幾為虎為鼠皆偶然
一龍一蛇竟誰是他日傳神召畫師更寫寢處山澤儀
置君邱壑誠所宜手中阿堵夫何為

沈沃田疾中作詩見示即次原韻問之

藥裏吟牋共一牀知君却病有奇方墮翮老鶴神彌健
曲幹孤松色倍蒼賓客肯緣疎酒少奚奴猶為遞詩忙
維摩丈室無多路空聽殘更坐夜涼余時寓官署與先生只隔一牛鳴地

而不獲出問疾

送沈沃田歸華亭

清曉鱗雲照碧灣送君歸棹入雲間五湖煙雨尋鷗夢
三徑松梧叩鶴關經卷藥爐堪結夏庭柯檐鳥足怡顏
二分明月應相待莫爲蓴鱸戀故山

畱別方介亭

幾載共爲客常愁見面稀從今永相聚聊復暫言歸野
日沉荒浦寒煙上翠微山行趁晴好莫更挽征衣

梅槎歌贈吳梅槎

食時不願列五鼎行時不願排八騶但抱枯木日拂拭

老迂曲榦相纏樛自矜怪石貯米袖大似贗鼎陳何樓
勸君此物不必留拍浮便擲江中洲不然秋雨棄牆角
蒸菌或出魁父邱向平婚嫁未易畢翁子富貴猶可求
詩狂酒癡竟何益聯淵肯使潛靈蚪君聞掩口盧胡笑
此語毋乃非上流冥靈各欲修永算豎亥詎見窮遐陬
古來遭遇無巧拙屠販亦致萬戶侯雲煙過眼還滅沒
誰繫社燕過深秋何如作達招近局糟牀新釀初鳴篘
籬根老菊寒不收帶霜壓帽插滿頭爛醉便夢泛槎去
浪跡直過東西甌百年歲月纔及半不知天漢幾度逢
牽牛

竹帳二首

四面湘煙織畫圖詩魂清與此君俱虛簾映日金同碎
小簟招涼玉共鋪動影定先驅白鳥合歡須更喚青奴
梅花紙上尋香處可許高情得並無

明月依依弄影幽方輝誤認翠羅幬宿塵好向牀前掃
清露疑從枕畔流獨卧晴窗頻夢雨高張暑榭早延秋
笑他孤館懷鄉客只覓牆陰一葉舟

寄洪達夫　時爲望江學博將告歸侍養

求官如釣淵中魚辭官如去衣上蝨笑君欲脫不得脫
堂階繫馬空踟躕皖公山色明且都數峯青峭排牕虛

打頭矮屋客醉卧歸夢栩栩環庭除春風白髮正倚閭
知君請急計不疎我亦閉置如閨姝大雷日望參軍書

飲朱岷源齋中

快雪三日開朝曦滿街腰鼓排春旗假童跳舞市聲鬧
故鄉節物堪娛嬉感君愛我爲軟腳溪山徧擷草木滋
冢婦入厨姑執爨陵晨轢釜烹伏雌我聞嘉招便蚤赴
橋堍修弄穿疎籬班春纔看土牛過餞臘猶多冰柱垂
入門先索快句讀開樽更喜遠客貽瓶中階下各異色
雀梅猴萩爭鮮輝陳君父子足繼美陸家兄弟還相師
愧我塵坌相倚薄對此頓欲忘朝飢況聞故人有佘後

刷羽已見揚光儀謂葛菱溪新入膠庠撫今懷舊意感愴臨食三
歎豈酒悲人生歲月眞易得青鬢忽復霜盈髭童丱游
好存者幾新鬼故鬼肩相隨爾我猶得數相見燈前安
敢辭深卮漏盡三鼓大醉出一輪寒月河之湄

雪中至富安巷飲許月溪齋中次前韻

朝看旭日烘晴曦夜喜列宿明參旗故人招我遠出郭
聞之雀忭同兒嬉晨起忽見林岫白滿街滑澾冰泥滋
已教得食等堦雀肯復匿影同山雌便溯清瑤傍柳岸
更踏碎玉搴枳籬山齋晝靜排闥入蜜梅花發黃垂垂
一堂佳客已具在五字好句驚先貽談諧四座盡傾舉

雲鱗漸薄櫓生輝柳家祥兆在猶子韓門高足知眞師令姪芳谷孝廉暨令徒袁君敦好皆在座少年鋒穎洵可畏鸑鷟豈肯偕鷹飢憶昔溪上草堂內羨君寢處山澤儀昔與許君常往來吳岑華北部處溪上草堂比部讀書地也開徑常許挈求仲出戶曾未辭孺悲卽今馬策有餘痛更向何處撚吟髭況我家山難久住塵緫未免相牽隨知君定共猿鶴笑花前且盡金屈卮桃源他日刺舟入洞口好記寒雲湄

朱定中以紙索詩走筆應之

久客匆匆作歸計束裝有如治絲棼殘書亂帙姑棄置獨攜襆被欣載奔入門解橐方失笑長吉有句竟安存

拂君懐中涇川紙索我近詩知有以奈我已成沒字碑
補亡難效束夫子濡毫聊復前致辭鴉塗數字原非詩
愼勿多事紗籠之

小除日讀江夢草詩因題其後

雪屋一燈酒三雅何以佐之班與馬擁鼻更讀名雋句
安知門外雁行者臨風玉樹眞亭亭作人不殊純粹那
有時無隱悟禪味木樨花發香滿庭咏徧江花與江草
狂歌自比杜陵老老去悲秋亦何用捶琴世上知音少
緑波南浦已差差離懐莫遣春風知斜川五日足游賞
且向寒梅一賦詩

丁亥除日爲余五十誕辰適周鶴亭學博以歷歲自壽之作見示次韻抒懷卽用題後八首

山坳殘雪尚如氈暫返吾廬已判年人以識途憐老馬
我甘飲露類飢蟬探支鶴料仍垂橐預算圭租始有田
贏得簫聲留杜牧一官還許在花前
漫說紛綸井大春亭來敝帚豈堪珍谷中鶯老難求友
海上鷗閒且避人百歲光陰同露電半生心力頓風塵
身宮已自纏磨蝎牛斗何須怨不神
天涯心跡寄煙虹到處槐枝一夢中强對元規頻嘯月
誰憐禦寇自乘風依人豈慣矜三語作佛終須証六通

飄泊久同梁上燕奮飛猶在畫堂東

白墡茅堂隱士泥故園蠻榼儘堪攜退飛已作隨風鷁
長叫誰容失旦雞求道倘迷三里霧束身聊借一枝棲
敢嫌頹照黃昏近麗譙春流亦向西

塗轍原寬豈我妨偶然轂玉異豐荒長楊未免三年閏
短竹寧求萬丈強阿閣競看雛鳳起愁潭只合老蛟藏
細推物理行休決一盞寒燈拜飲光

紛紛北秀與南能誰悟千光總一燈天遣長吟還抱膝
地容高臥且橫肱逢時本鮮梯雲術得歲終爲集霰徵
多少故交零落盡不堪往事憶陳應

寸心灰後已難然朋盍何勞更祝延但喜尹班堪永夕
敢言孔李竟忘年心驚若木千枝麗目眩明珠九曲穿
所愧壽陵難學步讓君詩思湧如泉

三月桃花春水生便携筆格與燈檠吟魂自忘光風暖
别意應隨夕照傾花下聽鸝千樹好江邊載酒一舟輕
深杯擬對秦淮月秋菊還堪共落英

張志陛招同朱岷源遊醉翁亭次韻

拂曉花間載酒來暗香浮磴早先開竹鈎松粒皆成侶
雲影山光盡入杯天遣詩人尋好句地留幽谷貯仙才
獨慚塵鞅勞勞客一酌春泉便擬回

全椒　金兆燕　鍾越

題江夢草學佛圖四首

不斬心中葛藟藤，到頭終是啞羊僧。試看枯坐蒲團者，南北何知有秀能。

莽莽黄輿共赤寰，羊腸歷遍世途艱。低眉努目全無用，只合看雲坐雪山。

如如眞境本迢迢，莫向虚空着色描。轉得法華無一字，十年面壁豈無聊。

翻盡金經薤葉書，二時與爾共安居。于今眞見桃花未

試向心燈証六如

貞烈王仲姑詩

吳郎年十五仲姑年十七兩家結縭縭鴛鴦未成匹
仲姑聞郎死麻衰欲往哭祖母曰不緣爾身猶未屬
仲姑入室嘆顧影悲其身身既不許往願終往以魂
朝啟粉多羅吞粉如吞針不願素其面但願素其心
吞粉不得死再服黃金珥心已同金堅身難共金毀
求死不可得仲姑自撫膺解我腰閒縧畢命朱絲繩
絲繩復絲繩再結復再解四顧無死法安能復久待
向人求死方日日作死計一旦獲死所仲姑歡然逝

逝者何茫茫同穴歸山岡死義非死恩不得議嫁殤雙阡表墓門大書勒貞石吳郎年十五仲姑年十七

贈葛菱溪

我與君先會束髮爲兄弟槐榆與橘柚異根結連理溫溫唐太君愛我入骨髓視若自腹出與床無與比全椒至滁陽山行五十里朝發晡即至命駕孔易耳我來斯開顏我去必垂涕持箸加我餐紉箴補我履頭垢爲我櫛衣垢爲我洗驅蚊遍茵幬捕蝨及牀笫我生夙偏露髫齔失所恃誰知慈母恩勤懇乃如此尊公倜儻姿蚤歲貫經史高文發奇光與義窮祕旨疑籤必我質昕夕

紛塡委相於若同胞使我忘姓氏見我欲傾釀入市封
羊豕知我欲製衣開箱取綾綺常勸我移家同居至老
死嗟我壯年後羇靡屢轉徙覓食走四方鄉縣渺雲涘
倏忽十數年駒隙歲月駛重來眠食地歷歷皆堪指幻
等前後身驚呼新舊鬼一劍懸徒爲千金報已矣所幸
讀父書故人已有子憶舊空餘悲撫今實竊喜子其崇
令德操行固終始富貴自有命顯揚則在已勿更勸我
觴觴行淚不止

侍鷺川自都門歸邀飲湖上步韻奉呈三首

乍喜陰雲拂曉歸城隅初日上苔衣珠毬委地還如繡

金帶含苞欲作圍烟際湖光空外合雨餘山色望中微
林間招得遼天鶴不遣離巢更遠飛
幾載閒身寄檜杉更無彌勒可同龕每嫌酒戶逢三雅
慣愛詩衢得二南舊徑衹增華屋感殘春又共故人探
柳陰鍛竈容吾嬾頹放休嗔七不堪
一葉溝中枉拾紅早棲只合小山叢魚天極目無多水
花信傷心最後風君巳杜門知宦拙我原抱膝耐詩窮
從今排日成良會應勝東西各轉蓬

題仇霞村印譜

凡將爰歷既放紛六體變滅如浮雲秦碑周鼓辨黝黈

刓銑鉠齾難復論世惟漢印頗數見殳幡尚可追遺文仇君家學本淹富金石文字羅庭軒經經緯史恣考索始一終亥窮根源偶然寸鐵寄興會揮斥八極摩蒼垠心入纖刃刃入石元精耿耿相吐吞吁嗟絕技世罕有區區文何詎堪偶知君操術殆有神文人學人皆斂手我有玉碑三寸強請君爲盠九迴腸相思他日緘魚札好寄朱欒千里香

哭程綿莊徵君四十韻

自古通經儒抱道罕亨遇仲翔老流離安國終禁錮狗曲詈翁思彘圈辱轅固曲學苟不能安得阿世具窮年

事鑽研乾等羽陵蠹一旦星壓腳杳杳即大暮書漸滿塵寰骨已冷墟墓易祖與經神虛名竟安附吁嗟乎先生聖涯標津渡績學淹三餘劬書遍四庫百兩羣師張九事競諮輅汲古探重淵闡幽排積霧摳衣應大科蒲輪經再駐布衣老諸生竦身儕鵷鷺發議鏗華鐘摛藻燿寶璐自謂傾胸臆從此任灌輸明經獲致用所學盡展布誰知許身愚非關承學誤歸來守書倉仍自躭訓詁開卷味彌旨入室空已屢離披羊續袍蕭涼賁逵綌著書日向遒窮老更誰訴小子甫弱冠早解戶外屨蓄疑得所質破闇就燈炷瑣細考蟲魚分合訂章句施孟

別糾紛王鄭理舛互真僞今古文純駁大小注口講兼
指畫源流必沿泝憶昔戊巳亥羈翮共樊籔旅食當窮
冬短晷日南傃折埊對寒宵邸葢相證悟以玆賞析樂
頓忘冰雪沍十載嗟契濶夢寐托遥愫每於尺書內猶
爲詮掌故如何隕少微遽爾聞凶訃六籍失良工大冶
誰與鑄百家無導師羣蒙誰與寤嗚呼斯人亡實深吾
道懼道盦堂外門如意橋邊路望望隔江雲彼蒼不可
籲

贈王蘭泉二首

沙岸禪扉帶晚嵐風檣過處似排簷轉經未暇嚴叅一

開徑眞堪益望二客路車纔停碌碌家山泉好品憨憨
會波村裡漁莊好三泖春湖我舊諳
石徑秋花泠露含一繩新雁早圖南虛堂對我能生白
舊事懷人悵朵藍歌底絕憐車子慧酒邊猶似寶兒憨
他年得句還呈佛彌勒休忘醉裡龕

題張芝堂西湖移家圖

漸江江水淸且深駛帆如箭猿孤吟圖書雞犬共一舸
穿雲直到東海潯三十六峯重回首茫茫天都竟何有
爲愛蘇隄一片霞停舟便繫樽亭柳一椽茆屋湖之濱
百弓修竹千竿新髙峰南北峙屋角濃靑潑眼如就人

我昔癸辛街上住一日十上吳山路安得與君便結隣
寒泉共酹道仙墓

題曷亭上人小照

松柏之性雲鶴姿調御丈夫人天師十年業白出石壁
桃花一見删羣疑打包偶過燕城下禪智山光堪結夏
大道高僧對冷官茶瓜便作蓮花社說有談空已有年
而今方了幻中緣願將一室千燈影夜夜中庭拜閬仙

輓洪達夫

憶昔與君初唱詶乃在雲木相參樓大篇強韻各競出
拍肩一笑驚沙鷗天風蕭蕭黃葉走禪關獨客顛當守

偶然且會對青樽遂使深交成白首彈指流光十五年
幾回離合在花前蘭陔喜侍雙笻健芹沼欣標並蒂妍
年年相見便相失相望咫尺不可即分明隔巷只三條
安得銜杯彌十日去年執手喜欲狂從今不作參與商
詩衢酒國爾我共風晨雨夕毋相忘孰意此言竟虛負
人生錯迕常八九繫馬纔看我到官放鴆難爲君延壽
江鄉雲物近高秋玉軑飈馳不可留從此黃花重九節
忍教沽酒更登樓

題謝西坪印譜

少年愛觀許氏文始一終亥何糾紛昔歲太學考石鼓

乃知古法今猶存後人私印逞臆見凡將爰歷無山辨
朱鬐千里遝雲杳空使俗工謀黠點此冊入眼眼乍青
應有神物護精靈可惜千秋獵碣畔不使重鐫三字經

蝗不食禾同閔蓮峰作三首

我
皇聖德旣厚且和大法小廉黎庶載歌鵙懷好音戢干
止戈乃有蝗生亦不食禾
蝗旣生矣詵詵蟄蟄禾旣茂矣森森濈濈禾蕃于田蝗
集于隰蝗如有知誓不相及
有漢中葉大守克臧金爵旣錫民說無疆蝗在其隣以

飼鳳凰未若今日變災爲祥嘉粟旨酒敢告蚜蚄

單家橋

傾側單家橋流水自東注春草滿荒原不見尚書墓

題駱義烏像二首

文河學海早生春驚世才名自有眞輕薄紛紛何足數

千秋知已是金輪

休將器識比王楊忠義高風姓字香訪得天台石橋路

共君滄海更徜徉

喜雨作

初灑盆中花旋濕階前草忽然檐瀑森森下咫尺屋角

烟雲杳應是羣龍苦久困翻身一洗鱗甲槁爽如蓬髮
頭乍沐快似垢𤡮衣初擣連朝茹素消腹腴中夜稽首
不憚劬土龍甕蝀安足恃男嗟女怨盈村墟吾生本恃
硯田活圭租今歲甫堪撥天公應念窮官窮忍使殘年
付凶魃雨脚纔歇更望天礮車雲陣還鬱然舉家明日
謀解菜買肉拚罄囊中錢

伏日招任松齋張墅桐暨夢因定崖勛亭三上人

齋中納涼次墅桐韻

青奴閒擁對蒼官獨占虛堂十笏寬吟侶乍迎桃竹杖
清齋便共水精盤高懷白業堪同証小篆朱文足飽看

自笑解衣磐礴後千篇教和不辭難

六月晦前一日李西橋招集高詠樓觀荷分得韓

孟體五古一首

高樓峙水濱

奎畫映天闕豐琰苔繡螭曲甃蘚藏蝦萬个敷陰森一
灣疊瀏瀉雀榀穿雲眉蛇逕綷山骨逭暑得幽房延秋
仗濃樾浹日再經過嘉招頻有佸小舫晨露晞疎簾午
風豁選樹坐空嵌褫衣挂枯栟櫚伴羣相覘山僧不敢
謁（是日招石莊上人不至）奩開碧玻瓈盤飣紅蘇韛烈日烝泉熏
繞座彌潋越酒行花氣中人醉波光未山館未易曛芳

宴復改設炬列野客驚樂動鄰舟恒晶毬上下懸瑤響
高低發遥輝星乍攢遥弄音倍揭瀟灑襟懷清模糊醉
眼纈更與約重遊桂香探月窟

金陵送諸生鄉試次友人韻

我生幸作麻中蓬頮影欲落還賁東得句慣嫌閉戶覓
求友不厭于野同僦居要傍白楊脊問字肯放元亭雄
卽今行年已半百面皺齒落頭全童勝負已付橋中叟
得失休問塞上翁但遇好山必深入時有美酒復一中
沿牒重到六朝地清秋雲物開昏蒙高旻正霽月額雨
小園頗足林下風且强冷官作熱客盍簪一豁拘攣胸

夢蝶片晌亦栩栩草蟲五夜休忡忡竹林自可集阮向
梓澤安用誇愷崇况逢
盛世重儒術高才拔萃無不庸囊硯槖筆千百輩雁行
魚貫羣相從塗抹忽憶少年事稱時梳裏爭爲容壁上
不識誰項羽座中且喜無顧雍歌場酒國共作逵才臆
何事干愁封裙屐大會良不易酣叫嗔報樽中空酒闌
遮客不許散醉奪羯鼓敲鼕鼕
和吳魯齋自江都之任金匱留别原韻
自我與子爲深交如捫仙的躋神皋寸椹豈易偶然遇
一桃真足平生豪憶昔趨庭傍講肆蒼蒼雲護松蘿高

元亭問字日幾輩大叩小叩不厭勞差肩一一羨彭戴
論才各各務莊騷而君苕穎更秀出入門顧盼空羣曹
攻玉子寧復藉石見漆我已先投膠有時城隅泛綠水
有時巖際乘涼飈袖中出詩許我讀我每噤舌不敢驕
嫫母見施歸自鏡殘稿拉雜俱摧燒雞黍已自同張范
雲龍何須常愈郊搖艇一別新安水絳雲矯首徒瞻霄
往歲暫遇燕臺下朔風吹雪盈復陶自春歷夏雖數見
舊時狂興無一毫明月枉復照張八好風安得隨盧敖
何意彈冠效王貢頓教聯冊同鄭毛並粥本自異良楛
耦耕未免殊肥磽敢怨一官獨落拓但愧八口還饑嗸

小蔦幸自施松柏白雲常藉滋菅茅德隣亘聚眞有數
纔滿半易經中爻匆匆攬袂便言别鴻鶴無術留逵皐
人皆遮遮卧深轍我徒侘傺攀長條知君此去樂復樂
闔閭城對纑塘坳河豚大上荻芽美飽食不異烹江瑶
回飆撾鼓送君發同雲京口正淤篸小辛杜野村驛接
定知春意回枯梢笑握秃管壓强韻何異濇港延寒潮
瀕别一語更相囑惠泉先寄五斗焦

李于亭年七十三始舉一子詩以慶之

海上蟠桃樹結子三千年珠胎出老蚌光與明月圓君
家明德後朱門華轂相蟬聯穀也豐下必有後無煩禖

祝求人先天上石麒非凡種抱送親勞釋與孔一試啼聲知英物磽磽頭角觀者爽白頭老罷舞且歌湯餅筵上朱顏酡舊書重整硯重滌傳笏一日三摩挲我謂是翁眞矍鑠養雛定信芝田鶴柳郎藍嫂共百年從今再索還三索

題汪鈍叟浴馬圖

君不見流沙萬里來貢時一馬卓上九馬隨追風掣電逞逸足何暇更銜青草嘶韉脫鈴鞍但土浴乾泥在鬣塵滿韉華廄未必便入選筋力已劬精已疲我知君有武子癖不忍驊騮困下澤坐對清流趁晚涼深潭湧出

照夜白雄姿逸態真蕭爽俊骨便娟神倜儻秀影波心應自憐孤情物外誰相賞疏林落日何悠悠閒心此時與馬謀不知輭紅復何處馬無銜勒人科頭誰歟畫者擅奇絕能教人馬相超潔鷺溪一幅研光寒少陵詩境森如揭半生我亦頓風塵何日濯纓秋水濱但得清泉一噴沫不須釘藻纏其身

江鶴亭以吳魯齋所贈竹籤韻筒集同人各賦一詩分得潸韻

客從吳門來持贈有吳産片竹以爲籤小筒以爲摳淇斐想依依湘淚餘潸潸良工巧琢磨意匠發華皖小楷

刻數字部分森爣闈差次一百七一一爽且睞燈前試把玩昏眵擱老眼如探懷裡策似執手中板無勞分虎符大可配龍琖主人雅好客高情矗雲棧秋堂開紗幮晚食羅珍饌勝引既廣招鄙人亦獲羼分曹戒讙呶拈籌慎覘彎憑天授險易任運值繁簡逞豪矜屢盈防黠壯私揀競病不敢辭尖鹽聽所限或怨金披沙或快肉貫串互換在所禁迴易亦自赧未安雙目蒿既穩一笑莞尔日纏苦吟霎時成巨撰矢簇請各歸著囊俟再捍倘同海屋添為君算醴醆（時近主人壽日）

題歐陽文達堪輿理數畧後

洪荒之人無封樹斷竹續竹聲何哀聖人爲民葆至性
厚送化者歸泉臺司馬石槨誠太過王孫裸葬何其乖
陰陽水土但相協綿綿生氣應復來我本一世骯髒士
劉伶有鍤斯堪埋牛眠鹿卧伊自適泉下之人何有哉
但令先靈妥窀穸無使螻蟻侵肌骸他日葛溝我亦足
何須更卜小眠齋先生學邃衆理賅跼足踏遍雲山隈
著書一洗俗學陋頓令大地精神開遊子三年滯羈宦
松楸壟墓生浮埃瀧岡欲表待何日隣人空守榛關欀
逝將請急歸上冢一頁香椆親培栽升墟陟岡如肯偕
爲君先買遊山鞵

吳魯齋將歸吳門聞程東冶秋賦獲解喜而有作
囑余繼組卽步原韻倩寄東冶兼送魯齋四首

每聽當筵說項斯便教紅豆惹相思卽今千佛名經上
何異春風識面時

鳳策聯華海內傳生天成佛總居前可知飲罷流霞客
猶向河東號斥仙

玉簫聲裡月明時好趁風流杜牧之人影衣香猶未散
春城不遣閉葳蕤

瀕行好取貢冠彈又見終軍早入關他日嚶鳴相和處
應憐黃綺老商顏

朱岷源以詩柱寄次韻卻呈四首

雲山一揮手別路浩漫漫不覺仳離久其如會合難他鄉人漸老故里月應寒何日同樽酒重爲三徑歡

化羊仍畏唾作虎詎成斑柔下且三宿爐中難九還丸鐺甘折脚塵榻任無顏忽覺開雙眼一痕江上山

故人有令子早歲已名流（謂葛蓑溪）般爾會斤斧璠璵自琢鎪能詩劉夜坐問事賈長頭惻愴懷疇昔頻添葛帔愁

永日當槐夏清風愛竹秋敢言慕張邴幸未識孫劉白厭道旁衣青瞻關外牛蒹葭天水濶何處郭翻舟

題鮑根堂水木清華圖

我生愛岑寂每與靜者便但遇清流必小憩時依濃樾惟高眠搖艇入新安憶昔廿載前天梯長嘯人不識花瓢竹杖相沿緣潛虬山人鮑薇省結廬巖鎮溪橋邊五里闐干十寺樹往往同踏秋山烟即今不到十年久尚能追數松與泉披圖忽見舊游處林間知是入山路科頭箕足者誰子放眼高空見情愫漸江水本本清華此君合置清華署春農舍人今漫郎時時為我言根堂根堂本是薇省族况聞朋侶兼班揚我對揚州月君飲京口酒一江烟樹只由旬不知何日果攜手鶩嶺鰕湖好結隣羨君坐見萬山春畫師右補圖中伴我亦烟霞隊

裡人

江鶴亭以重陽前一日出客雲關之作寄示步韻奉懷二首

平沙如罽草如袍老馬枯楊背自搔霜後天空孤嶂遠
雨餘磧冷斷雲高雁過古塞聲多怨人出雄關氣倍豪
此夕知君鄉夢裡菊花猶對寶階糕

新聲如聽鬱輪袍底用麻姑癢處搔片紙書應同望遠
一堂人盡却登高地經戍壘白秋壯天遣詩才十倍豪
黍谷有春回衍律金盤依憶纈餘糕

吳魯齋以詩見懷即次原韻奉答四首

自送江干挂後帆朝朝石闕口中銜殘灰畫盡難開暈
黴簟投來未止鹹入夜衰紅聊復剔經秋病緑忍教芟
耦耕舊約如堪遂雲卧休嫌白苧衫
飲啄生平久信天力耕豈敢冀逢年雞蟲得失原無據
猿鶴交游亦偶然我已三千空世界君應十二悟因緣
隨時會得安心法定有光從頂上圓
小舟兩槳罩新油載酒堪爲汗漫遊但得一邱容睡貉
何須三品更封鷗雨餘蕘社珠呈曉霜後楓江錦作秋
只有相思多悵望明霞天末未會收
朋曹短李復迂辛詩酒俄添别緒新本以同心成契合

每緣分手見情親歸巢倦鳥珈梳翮縱壑神魚且養鱗
知有漫郎吾谷在不須三百計禾囷

送吳杉亭入都三首

男兒志四方半生苦棲屑萍居非故土舊袴便訣絕衝
寒且北征關山正雨雪牽車挈婦孺遠道共飢渴遡風
亦孔優飲冰豈內熱不敢留君行忍復與君別
別君在何許津亭一相送長年催挂帆暮角已三弄仰
視蒼旻高寒雲如覆甕今日盡我觴明日入君夢長安
日以近矯首雙闕鳳
鳳翔千仞高健翮不可留安能顧雞鶩刺促棲窮陬努

力事馳驅周道坦且修致身有良策施澤彌遐陬鄙哉

題橋客但爲駟馬謀

送程魚門舍人入都時正爲其子作晬日

舍人初出都兒生始呱呱兒今已晬周尚未歸直廬秋

風吹江干所思鬱以紆故鄉宜不住轉復嗟羈孤中夜

不能寐坐起三嘆吁悵悵縈我懷魏闕兼妻孥遥念丹

鳳城寄我出鷇雛玉果與犀錢羅列陳庭隅䘮衣翔紫

鳳文褓飛天吳提印復取戈中有彩毫俱鵲噪一何喧

車至卜征夫逝將速買舟一帆隨風趨急成衮師詩肯

戀紫微壺鄙人前致詞人生若漂梓會際安可期擿埴

且索塗巽日功業遂乞身還江湖買山專一壑歸作耕耕圖紛綸館閣事一一付家駒更向茱萸灣尋秋塞菰蒲蒓裘既以營道遥足長娛去去勿復顧懷中待挽鬚

無題和姜靜宰韻七首

鈿車無數競芳遊翠袖娉婷淚未收芳草自甘空谷老寶丹難向化人求玉樓蝴蝶三更夢金井梧桐一葉秋城上烏啼天欲曙可憐機杼不曾休

夢中虛幻覺來真暮暮朝朝總愴神幾夜獨歌思婦曲從今休現美人身零霜墜露寧知曉媚蝶狂蜂別有春自是幽閨嚬笑嬾莫將梳裹妬時新

香塵十丈路東西枝上流鶯百囀啼暗裡投來應自悔
圖中索取已全迷涼生繡簟瑤箏歇夢斷羅帷寶髻低
前約未諧期後約愁心空逐伺潮雞

金屋無人問獨眠佩殘厭勝藕心錢風前楊柳垂還起
雨後胭脂淡亦鮮永晝簾櫳芳草地相思圖譜砑花箋
多情他日逢韓重定化吳宮紫玉烟

茫茫璚想更瑤思團扇坤靈孰與持對酒花南愁似海
懷人山北淚連絲空教禮佛來求筊莫漫逢仙更賭棋
鎮日糊成問宜稱無情菱鏡也相疑

重重簾幙閉雕櫳曉日驚看一綫紅玉虎華泉聲滴瀝

金猊香霧影朦朧蚓歌唱斷難終夜雁字書成不滿空
肯向花前還執手不辭風露立芳叢
明珠一斛自堪量宮樣人人學鬧糚野草枉思牽杜若
逐鴆無分作鴛鴦九迴結念都成錯三載思君未易忘
簾扃香殘人倦後空庭明月夜茫茫

上方寺餞漕使魯白墀侍御節席用蘇公禪智寺
詩韻

觸邪衣抱豸飲獬冠棲蟬自昔南牀入勁氣陵虹烱我
公持玉節宣仁蜀岡巔春風入漕河大帆千里懸事竣
歸

中朝行路望若仙入告陳嘉謨採風賴大賢送行無長
物但酌山中泉歌驪奏新詩一一呈麗娟冷官亦何爲
相於共翩翩顒爲高檣燈耿耿隨君然

許月溪與臺駿旗亭話舊有作寄示率賦奉詶

憶昔軒窗對碧波長堤楊柳晚風和高城月影杯中見
隣寺鐘聲檻外過漫道紀羣交契密可知張范別愁多
桃花潭上春如錦何日相逢更踏歌

唐漢芝自都門紆櫂過訪感舊述懷兼送歸里四
首

二十餘年夢裡身新安江上憶前因戴彭尚有升堂伴

林吉誰爲上冢人萬里常悲魚信杳九霄又見鳳毛新
分明膝上王文度破涕相看一攬巾
早歲入覲上國光九衢人羨姓名香屠龍已就三年技
射雉何妨一矢亡旅客還家多歲月儒生報國在文章
故園松菊皆先澤莫逐飛鴻戀稻粱
漸江一水共沿緣予舍恩門地接連白嶽朝烟當戶出
烏聊暝色倚城偏心驚野馬浮埃幻腸斷枯魚囊索懸
白髮門生無藉在憑君傳語到霜阡
六月南風五兩輕舵樓吹笛送君行今花昔樹多惆悵
老葉新苗管送迎揚子驛前征客路夜郎關外故人情

二分無賴江邊月好數南天第一程

哭吴荃江先生

昨宵飲盡歡今夜寐無覺吾人方馳箋先生頓脫縛妻孥紛號咷親串共錯愕屬纊一躬臨沾巾雙淚落新哀詎無從舊事請畢略嚴君昔交心小子甫總角幼客來他鄉得朋有共學帽擘黃紙箱衣繫紫荷橐操觚效塗鴉入彀等寄雀未足偕浴沂聊許儕戲洛每於羣遊讌慣傍侍觴爵聯句憪腹枵登山苦足弱詎意覿鐶璫便謂真鸑鷟羊欣裙屢書徐陵頂頻摸紙或餉千番玉亦贈雙珏交遂聯紀羣親若締衛霍以茲四十年不曾再

三約漫遊必因依拙宦亦倚薄羔求麥茹芹劣可飽藜
藿元禮親楷模伏波羨矍鑠詩驚座上成人向甕邊捉
狂吟勅勅歌間以鄱陽誰問事賈不休論文韓最確烏
欲佩菩芳琴愛彈賀若心緣老更清情以學彌渥肯避
寒暑侵不厭往來數三年正相於一夕乃棄却丹應得
大還體故未小惡蘇耽知復來長吉殆差樂占鵩鷩後
先夢鹿感今昨倚樹空攀號展書枉跪諾悲我久擁鍊
哭君更張幕塵世真茫茫冥途何漠漠舊雨如重尋新
詩定繼作人間事莫論地下書須託

集小玲瓏山館追和馬半查先生韻

昨歲感西河憶君曾此過那知移壑遽但覺賦愁多池館千秋地園林一夕歌山陽又聞笛把酒意如何

椶亭詩鈔卷十一

全椒　金兆燕　鍾越

題江雲溪小齋雲圖

我昔搖艇新安江手持碧玉穿幽篁宣平太白不可見雲林烟嶺空蒼蒼巑岏峭壁插天起五里闌干護春水古城關上苔斑斑河西橋下石齒齒空山伐木疑有人日暮鳴榔者誰子一峯幽靚倍堪愛往往停橈歎未已人生蹤跡那可定飛蓬幾載感短鬢鰕湖鷲嶺夢中路杉雞竹兎猶相認揚州明月霜風寒獨客悲歌行路難與君班草乍相識紅燭聽簫秋夜闌酒酣爲我話鄉里

烟霞洞壑堪僊指何人潑墨寫靈境楞山老人陳玉几
剡藤一幅尺有咫忽移巖岫深堂裡小澗疑浮竹葉舟
虛嵐欲染樺皮屐僕也對之神飛越舊境重逢嘆可絕
攫身便欲入圖中尋我松根坐時雪丈夫四海困栖屑
曰歸曰歸何日決白雲飄忽擲寒猿紅塵偃蹇隨跛鱉
請君收圖爲君說鷦鷯有林蟻有穴莫使家山空卧遊
靈根老盡菖蒲節

哭楊攢典長藝

古人重掾吏致身可通顯蕭曹遠張丙勳業著鼎鉉後
世多浮薄遂不參上選才或有寸長德難紀一善波靡

使之然積習孰可轉未秩傍泮宫愈益不堪羣祿薄奴
愆咨官卑隷偃蹇符帖日放紛簿領多乖舛惟以吏爲
師便謂事足藏而我不謂然綜覈若抽繭惟汝性質直
不肯效錢諞中旣含樸誠外亦具精辨遂若指隨臂大
似畝依畝老母年旣衰昕夕營饈膳頗能供旨甘或且
致洗腆展視及枕席經營到茶荈前年母病革倉黃謁
盧扁徧拊與綏衾一一預條件毋亡號不絕終日雙淚
泣拊膺如壞牆嘔血似融銑遂以毁致疾雞骨消臒皺
氣微不得哭抆淚但吁喘匝月亦遂亡不復暫留聃吁
嗟乎斯人此豈可强勉幼未多讀書長宦工數典居然

爲殁孝身殁名不殄愧我作儒官未能滌洪涊三載空
訓迪素餐實皐琄孰張公門問孰董生雞犬乃於羣瓦
礫獲此貞瑚璉死者豈無知生者殆有靦作此示學校
幽微共顯闡

許月溪以詩付臺駿見寄獎藉所加未免溢美次
韻却呈即示臺駿使讀俾知長者賞譽未易承
也

驥子喜初回魚書復遠來山中眞大隱輦下豈長才老
鬢添霜久雛音出谷纔高軒他日過題鳳定堪猜

題許星士小照三首

文若借君面季珪分汝鬚淩烟高閣上曾有此人無
口裏價雖不二杖頭錢已無多道上相逢一笑汝是韓
康伯那
虞翻骨少封侯相管輅生逢月食辰頭角自看星自算
不應曲逆竟長貧

題陳體齋太守萑桐滌硯圖

綠天陰陰靜無暑五馬門前日卓午訟牒不來老鈐卧
自手一編坐苔磯琉璃匣內藏古雲無數隱體紅絲紋
呼童池上一洗滌墨香暈起波浛浛吾聞古人守硯如
守身王家傳婿范傳孫公之此硯足世寶肯使紗帷輕

汚人間塵一日滌一遍滌後眞彩見知公白滌白不厭

水花香裡光甸綫半生硯田我欲蕪蕉心不展桐半枯

磨穿片鐵竟何益燈殘雲母空咿唔枝官頑石同蔆落

束帶三年傍階鶴破瓦空勞夾袋收凡材猶望洧盤濯

秋月樓頭玉笛橫秋風吹遍綠楊城文章太守揮毫處

可許差肩大武生

題白秋齋遊戎所藏陳榕門相國手札卷軸即送

秋齋入都

古來良相與良將氣類猶如乳投水不有伯仲伊吕才

焉識絕倫軼羣士秋齋將軍今人雄意氣直貫垂天虹

榕門相國撫吳日愛其勇敢堪元戎手書慰勉叙契濶
絕似髯公與諸葛卽今故紙數行中片語猶教眞氣活
去年偵盜徐淮間跰足走徧芒碭山談笑一探囊底智
逋藪各膽皆摧豵孟冬良月朔風急匹馬朝
天入京邑
天子方思將帥臣將軍正向彤墀立羣帥邊疆多則多
三川壯士尙橫戈請看銅柱標功業至竟終歸馬伏波

題朱立堂琴溪坐釣圖

桃花潭畔我曾經萬笏遥山點點青惆悵踏歌前夢遠
披圖還起羡魚情

幾載勞人共嘯歌知君猶未辨烟蓑我亦投竿慙鄞惲

漁兒漁弟笑人多

葛萋溪赴試金陵倩寄沈岳瞻

秋柳蕭疎白下門三年離緒各消魂故交白首晨星在

昔夢青樽夜雨繁賸有江山供嘯傲聊將書卷付兒孫

下泉羊左音塵隔惻愴應同朵菽原亡友葛繩武之第二女萋溪之女兄也沈岳瞻以爲巳女字周宗之

寄周宗之三首

玉在崑山珠在淵一時聲價萬人傳侍郎家學歸然在

心事拏雲屬少年宗之乃櫟園先生之裔孫也

前年一棹逐君家遨笛青溪坐日斜秋夢時時定相憶
晚荷開遍後湖花

集同人夜飲三賢祠醉後乘月泛舟紅橋聽石莊
上人吹簫彩郎度曲

主人既醉客欲歸中天寒玉騰清輝清輝籠入晚烟重
回首高樓昏似夢石莊上人老且顛簫聲中有文字禪
盧家彩郎纔總角歌喉一串珠絡索簫鼓綿綿歌聲遲
分寸暗與輕舟移箏琶羯鼓盡屏響但引一縷空中絲
泛音遠掠涼波歇約住輕雲未教滅滿船醉客灑然醒
愁聽寒蛩伴幽咽秋林庾墓王郎歌千古傷心喚奈何

與君且證聲聞果更向空山吹法螺

三　賓祠看桂

名賢祠宇枕芳洲花下尋詩足勝遊愛客鄭莊頻置驛
離家王粲且登樓斜陽影入疎簾晚冷露香屯小院秋
樽酒天涯同一醉不須偃蹇憶山幽

庚寅十月於廣陵學署爲葛菱溪完姻詩以贈之

四首

徐楊三年旅館寒女牀今始見棲鸞堂前列炬看新婦
座上傾罇笑冷官共羨好逑歌窈窕肯辭來括賦間關
巢居一必分鳩鵲都作團圞骨肉看

首稽衙齋寄一枝何殊逆旅迓星期人言納婦頒筐篚
我只延生藉縞綦椎髻練裳看總好蘆簾紙閣定相宜
褋屏一致宜男視頂卜懷中抱客兒
爲勸當筵合巹杯一尊家釀撥新醅綵毫乍借勻眉潤
繡閣都因寫韻開廡下唱隨高士伴帳中酬答出羣才
詩成扣扇尋常事叉手休嫌夜漏催
狂奴故態憶從前贈婦曾經爲彥先羊左交情成噩夢
朱陳契媾總奇緣爇親望遠應多感內助同心好象賢
佳婦生兒雙美合作書一爲報霜阡

除夕題羅兩峯鬼趣圖

葺葵敧斜桃符直神荼鬱壘當門立吟官守歲一事無
獨展此圖三太息我生最愛志睽車路逢不畏羣揶揄
搜神集異徧捃緝乃復見此眞董狐人世幽明本不隔
何必燃犀始照得閻殘三萬六千場終歸四萬八千鬲
請看野仲與游光紛紛游戲成雁行芙蓉城主不足貴
骨藐國仇皆可忘屠蘇醉後燈花爆且與君輩同吟嘯
韓愈有文君且行劉龍作事君休笑

喜晤吳二匏郎送之任汀州仍紆棹新安覲省

揚子江邊客棹過八閩來暮定先歌論心似引絲千縷
勸酒還憑玉一渦銅輦定知秋夢遠金船應見夜光多

雲門峯影前遊地羨爾能鳴故里珂

汪丈鈍叟邀同汪晴初明府湖泛即次晴初韻贈

鈍叟

日晏舟初移岸濶花倍顯茲晨有嘉招壽芳不覺遠名園傍城闉連延無少斷竹樹既紛交亭閣亦互纏似製百家衲如結同功繭沿堤窺其外不知所見淺洞房一罙入宛轉難自遣闢者邁愷崇營巧軼寛緩分曹踞遨牀呼侶招絲伴足使人意消各詫吾見罕何須白石仙日服青䴴散山郴更檥樟拾級踏磴蘚初旭遠者涼微颷冷然善未暇造初地詩句叩無本似聞錫飛遙深山

箊朝蹇但見萬株松蒼髯蜒復蜿啜茗就濃樾漸嗔不肯轉華奴與娟子並坐情懇欵野店啟符箯小車開繡幰灼灼緋桃花日炫不可辨老夫慚形穢擘衣如匪澣獨羨香案吏墨綬暫教綰鳳羽飛百觚牛腰束千卷豈惟誦頌興實亦案牘鮮好奇剔層崖尋幽歷嵌窾韡每嫌深躍衣或劾偏袒愛我性眞率讕語恕任誕有時狂飲後酣叫抒憤懣有時佳文成細意訂譌舛嗟余滾樠材臃腫不中選齒如寒林豁髮似秋原薙逝將築休亭便可老邑阪蘆碕肯諱窮黍谷焉冀暖班草四五人企脚坐沙堰夕陽欲西下烘霞滿望眼回舟各謀適小揚

一息假開般花光入拂席柳絲軟沸響聞泉紳高峯邁
雲棧笙歌更間作大白各引滿曠懷情性洽深交禮數
簡家珍羅百琲國香襲九畹紀羣兼籍咸粹美無所揀
主人我父執於禮先一飯世交古所敦末契何足算憶
昔邀庭日摯愛實共展於今二十年逝水不復返君曰
是不然與子更數典巨舟已移壑殘碑空在峴花開愁
轉多觴至感何限君才足飲亦有夢定吞篆便作春夜
遊不辭宵露泣籠燈就花下酡顏一再盥酒兵敢互角
吟髭且共撚縱教賡句多莫惜訂交晚聽鐘漏方長折
𡐝燭已短醉眼俱糢糊歌聲猶婉娩更待四五月朱實

垂簾纂摯榼邀重來堅約愼勿嬾詩成苦惡韻強壓盇
自赧有如鄧林杖速棄敢復赶

題伏生授經圖贈汪晴初明府

西京風氣厖且鴻經術吏治相磨礱翁卿少卿名與龔
茂績未著經先通乃知吏治匪緣飾明經致用方有功
伏生儒者居山東遺經在壁道在躬太常遣錯親詣受
傳寫典謨歸禁中勳華祕旨再昭揭晚生晉學開愚蒙
以兹炎漢治獨古中和樂職登郅隆盍化許子眞畫工
丹青妙手兼浩仝持贈斯圖入我室頓使天宇開晴容
厖眉老叟身龍鍾鼻涕一尺兩耳聾詰屈句出囁嚅翁

濟南潁川語不同聽者瀝耳不敢重有如大木堅難攻
若非女子善傳述兩家驛騎將安從授者傳者受傳者
紙上如有聲在空廣文官署如鷄籠屋漏痕滿青泥塘
大似才人嫁厮養位置無所憂心忡卓哉明府與化公
經術政事今文翁昔年視草蓬萊宮經神人呼鄭司農
即今牽絲宰劇邑印牀不厭堆詩筒況當四十正強仕
大旆𣃁見飄雙紅請將此圖懸高齋疎簾清簟光交融
吏民觀之盡激勸經師樸學盈花封他日宦成招喬松
槁項黃馘扶霜節仍以經訓爲延洪壽身壽世無終窮
重省此圖定一笑但恐文學學故今難逢

送葛菱溪之邳州

河北春光最不聊送君飛渡一鞭遥雲開芒碭英風在
路入徐邳客意消歸夢定隨遊子遠旅愁還爲老夫撩
少年酬接須謙慎千古人傳進履橋

人日招集諸同人登文昌樓觀雪分韻得好字

雪霽春欲來官閒貧亦好新歲開宿醞勝引攄清抱傑
閣臨交衢觚棱耀晴昊連襼陟層巓放眼睇遥島感兹
良會難歲月各衰老相期人外游塵事非所道

蔣清容初開安定講席庭謁之下蒙以尊集疊用
東坡歧亭韻諸詩見示次韻奉呈

偉哉玉堂仙傾彼金壺汁高原旣建標衆水競趨濕珊
已越網收弓復楚人得聘幣走使頻經帷請業急君眞
管邴龍我慚旻胄鳴有如犧象尊乃用絺綌幂裁裁講
堂開廣楹朝日赤饌促都養供事因小吏白交本忘形
骸禮亦具袍幘敢效袁鳳狂庋免枯魚泣從此浹日聚
風雨不暫鈇文旣會生徒詩更圖主客何必羨王筠一
官乃一集

復倒疊前韻跋後

覆我掌中杯讀君篋中集卉服慚山民珠綃駭泉客錦
爭蒲桃新劍無桼米鈇渾沌鑿盡死眞宰訴應泣酣醉

自撩衣高歌復岸幘奇眞智小巫快足浮大白五木難喝盧一幟敢樹赤對鏡欲効顰愉面先求羃大脯麻姑麟細劇趙鬼鳴鏜鞳鐘鏞鳴嘈囋箏琶急聲味非人間君從何處得想其放筆時倒挽銀河濕他人愼勿爲諸葛已帶汁

三月三日招盧磯漁學士曾白塀侍御袁春圃觀察蔣清容編修王夢樓侍讀讌集湖上泛舟至平山堂夜歸疊前韻

殘梅飄遠馨弱柳觫新汁衝霧出城闉初陽人影濕中朝冠蓋來外酒瓶轝得山僧接引忙餓隷奔走急吐綬

林中鷄呼名沙上鴨名園竹徑迷曲室花光篝山腰方陟青日脚已墮赤淡烟疎影中新月一痕白言歸總宜船各易解散幘妄語助朋歡清歌引綮泣貧家學治具卽事多所鈌明日定傳笑冷官招熱客野遊如勿厭更與訂後集

蔣清容太史繪徽佩偕老圖題詩幀端贈其內子張安人並屬兆燕次韻代荅

大衍數五十其用四十九陰陽協丁壬乾坤闢子丑大義遂胖合結褵爲君婦移天占梶牽俟命樂株守結兹翰墨緣勝彼琴瑟友執笲拜姑嫜澣衣盥父母縫紉惜

裋褐掃除珍徹帝豈惟饜糠覈未敢釋戴負襟懷聊可舒富貴不足取問雞子其與挽鹿我盍後頭托子矜身舌在張儀口但覺蘭同心詎畏柳生肘貂蟬淹既逢心肝賀猶歐高譽熾而昌遠道阻且右有喜對龍顏無事似犀首誰爲鸞鳳翔誰作牛馬走誰技嘆五窮誰才侈八斗滚滚京華中與君閱歷久懼爲喪我吾且別在斯某處身權木鴈入世諳衣狗詠已删戎濤風眞慕廣受揭來江左地浮家具匽藪相攜登禹穴窆石禁踏蹂講授名生徒標舉誠營苟論文探其眞繕性培厥厚得兔堪忘蹄取魚實藉罶來觀紛組紼遯聽遍童

叟詩析齊魯韓禮撥戴翼后誦書懷都俞玩易溟學咨
詩圖獵王楊文河涉韓柳丹成看飛昇心空脫纏糾堂
前茅容雞室內庾郎韭老姑尚未衰衆雛已離彀昕夕
循蘭陔早夜鳴蘽白好風幸與俱松下來亦偶五載山
陰道奇麗靡不有沃洲與天姥膏澤速區畝禊社四五
人耕夫十千偶南北風旦暮東西女美醜掛掛桑蘼蠶
綮綮籰纏絡瑣事既足識近俗亦已狃小住良復佳懷
安君曰否扁舟遂北渡江漲夜深黝霧濕估船帆燈明
漁屋筍地已入淮壖夢猶繞越紐峩峩堂復開循循教
善誘頓令耆綺習一朝滌宿垢示彼衣中珠貽以佩上

玏英才皆及門納約先自牖筏渡迷津入杖導索逆瞍
輟講節哦詩得朋必呼酒相安貧窶常幸免禍患陡縱
有七不堪已足三不朽日月壺內藏天地橘中剖蟬尚
笑垂綏雞應悔吐綬
鸞誥幸已叨鹿門應無悔花同賞鼠姑影並倚鴉舅五
噫君休歌兩端我試扣逍遙但惠莊怨怒何李郎且與
最兒輩精神共抖擻口勿茹五辛胸須藏二酉晚馨羅
蘭菊夕膳潔桃藕守門效顛當脫尾任蝌蚪請與畫中
人比肩無量壽

題抱孫調膳圖呈清容太史

綠陰深靜畫錦堂杯棬几案羅芬芳太安人起將出房
安人拱立排羹湯久諳食性必先嘗桃諸梅諸調燮良
童孫懷中初斷乳入抱趁人覓摶黍嬌啼似媚曾祖母
姿餅餻時喫脯脯先生此時方課經童子捧硯滌金星
維誦未終午炊熟呼兒上食趨中庭銅童竈妾百十指
飯盂羹椀相填委安人口分平且均斷葱切肉新料理
滫瀡養老餡弄孫一瓶罍高閣庋結隣我亦一畝宮
老妻朝雞頭如蓬忍憶扶杖坐堂北但厭索飯嘀門東
先生佐饞且行炙此樂三公眞不易門外林宗亦熱客
傳語當關勿遽白

斷箴吟再爲李晴山作

昔遇李侯長安市示我斷箴索我詩詩成嫌我無好句
許君他日更作之此言一食竟十載有如宿債無償期
十載風霜驚夢蝶斷箴纖纖猶在篋李侯得第看花歸
歸捧斷箴淚盈睫男兒青紫芥可拾銜索枯魚難久攝
春波未足潤龍鱗秋草空教埋馬鬣斷箴兮斷箴刺人
兮痛深半世兮手澤千古兮傷心聽君重話斷箴事眞
悔輕作斷箴吟

贈魯白墀侍御

魚頭御史邦之光天邊丹鳳鳴朝陽綵筆高挹仙掌露

繡衣獨立烏臺霜□一朝衙
命下南國來岸江人歌九罭循榭千艘入漕河恩周淮
海深無極冷署朝來倚短墉闉門忽見鮑家驄手板倒
持帽劾戴搴幃一笑生春風枝官傪僜誰比數滿逕蓬
蒿日卓午引嘒聲到餓隸驚飛蓋影留童稚謝小艇城
闉繫綠楊連稽便訪谷林堂看花處處新詩滿愛客朝
朝宿酒香□□華亭畔旌竿揭運租船載江心月冷鉦當
胸百丈牽□□泥沒踝三更發使星明處戴恩多舟子榜
人歡且歌百萬役夫齊挾纊三千驛路總恬波南風欲
送春水宅知公已滿泛舟役老葉新茵古竹西一杯共

贈繞朝策東南民力軫
宸衷入告嘉謨疏幾通知歸華省猶懷鄭莫向長楊更
薦雄

次韻酬丁玉華二首

相逢好盡碧山樣到眼何非稱意花自古文章銜否闕
幾人名字入金華莫言漂梗全無着須信洪波亦有涯
燈入揚州多夜市不辭村酒爲君賒
落拓江湖二十年不曾辜負看花天遐聲求友欣多應
作力登山未肯綿殘客久嫌言語掾冗官便儆五通仙
獨慚下榻無開地累爾猶牽岸上船

寄程東冶

具區萬頃何蒼茫烟波百里圍金閶虎邱劍氣不可遏化為才子健筆騰奇光吳門才子號東冶少年意氣如奔馬但看文字邁羣倫定知性情足風雅元和大令吳會齋作人不肯譽凡材酒酣為我言東冶令我一飲三百杯前年作詩寄君去今年報我來佳句千里平江一夕風彼此吟魂不知處憶昔乞食遊吳中皐橋羇旅無人同山塘七里獨遊遍春波照影如飛蓬此時東冶在何許使我空向要離冢畔尋梁鴻揚州花月春江夜千里相思堪命駕何不一來賦蕪城芍藥叢中度初夏

題五烈祠司徒廟十二韻

弱質一堂皆節烈雄風千載尚英靈清標堪結山川秀俠骨猶傳姓字馨定有香心彌海甸好將毅魄照邗濱堅貞自著閨中傑忠孝堪爲士類型幡影棲塵幃自掩松聲帶雨戸常扃芸編宜列先賢傳蘚碣爭看幼婦銘社鼓村巫門暫啓野花寒食路曾經颼颼左右跳虛壁羊馬欹斜卧古庭血淚慘凝横澗碧眉峯愁鎖隔江青仙娥去後應歸月處士亡時定隕星丹粉樓臺終是幻笙歌醉夢幾時醒冷吟閒眺頹簷暮燈在幽房月在廳

夏日淮安旅舍憶程魚門銓部即用其都門移家

詩韻寄之四首

傍湖樓閣是君家近郭園林萃物華高岸壓城朝色迴連檣成市夜聲譁文章杖叔千秋里風露羅含一徑花誰信龐眉郎署客年年慣作寄巢鴉

知君心地本離塵索米長安不厭貧蔡炤閣中讎四庫藤花廳下闌干人吏部廨廳藤花最盛選人多於此聚立投謁肯將僻澁矜長吉自以紛綸傲大春我已無心更西笑漫勞招手向雲頻

乞火壚頭問餅師渡河曾此換征衣役車久謝闉頭轍漁屋猶存竹下扉多病餘年聊作達近鄉薄宦易言歸

喬松各具參天勢小草牆陰也自菲

草菱孤燈破牖虛幾宵惆悵便回車魚書屢省新來札燕壘頻看舊日閭風物又逢菰黍節鄉心應憶筍蒲菹登壇他日功成後好理臺前釣者居

范堤曉行

久作荒村曉起人懶教逸興入蕭晨鋪場衰草紅於茜出水柔蝦白似銀海上樓臺先見日霜中樹木早回春不辭跋涉田間道冒絮衝寒一水濱

秋夜

風葉無停響寒蟲耐苦吟虛堂千里月獨客五更心夢

裏勳名晚愁中歲月深江淮多雁戶側想一沾襟

題夏于門一竿風月圖

我家涂塘水東流屈曲三百里淸波環抱棠邑城旁有龍池深無底我年十三四躍馬經過此便思垂釣傍池濱直釣潭心金色鯉四十年來奔走忙此願至今未果償每到池邊不忍去靈巖山色空蒼蒼披徑此圖三太息烟波萬古無終極定知郅惲乍投時猶戀長竿淨如拭冷官相對賦閒居何異江干作老漁至竟須尋舊風月綠蘋紅蓼自相於

輓杭堇浦先生

秋潮八月來錢塘悲風颯颯胥母塲羣仙乘雲歸帝鄉
中有詩國杭州杭九原丈八荒塚旁三間老屋傾斜陽
萬卷插架不可將留與蠹魚化脉望白玉樓記紛琳瑯
天上文字價定昂碑錢不勞索者忙先生一笑開縢囊
劉乂應不知所藏紺絕帝晨堪頌揚清職更作修文郎
紛紛埜仲兼游光塌來受學師蕭張匆銀紙繒贈滿堂
上階長揖遮須王地獄盡化為文昌紅塵回首何茫茫
雲飛波逝真無常

蔣清容太史三年前初得長孫曾與長君同用坡
公岐亭韻志喜今其次君又舉一男長君仍用

舊韻爲賀湯餅之日持詩索和依韻奉呈

芝草皆瑞莖醴泉盡仙汁木水有本源原隰分燥濕元方與季方二難旣相得遂覺脊令原葩育亦互急羨此聯飛鳳愧彼失羣鴨雙尊排象犧一一啓巾羃年僅差稚黄地若別緊赤飯纔熟二紅博巳賽五白孩提同襁褓長大共衣幘早傳讓梨風堪嗤煮豆泣祖武競追步佑啓貞無缺老夫類山民心喜見獵客醉歸起妄念遐思阮遙集

數旬後長君又得一女再用前韻賀之

朱綠皆奇章酸鹹總美汁豈可居高明遂至惡下濕一

索既成男再索女亦得非若初祝禖弓韣是所急男如
雲中鳧女如沙上鴨體雖異飛沈味同登鼎寡昨聞學
中珠出水水盡赤三日試醴面花紅兼雪白他年作書
生何必加冠幘預計結褵時未免持踵泣德言與容功
姆教定靡缺乃祖愛賡酬請郄門外客從此謝家庭雪
夜有內集

題高東井陳蓉裳聯句圖

車中連璧同嬉遊千古惟有潘夏侯圖中之人毋乃是
結緣翰墨真綢繆一人檢書似冥搜一人泚筆猶回眸
子面吾面未遽似君心我心已兩投一氣自注沆兼瀣

雙聲詎別鼻與喉寸管次第捉復搦好句陸續賡還酬
如梭擲機蟻旋磨如肉貫串珠穿毬如枝連理結不解
如繭同功絲互抽潤如琬璧列一珽清如江漢交雙流
迦陵頻伽共命鳥音響豈有凡啁啾當其神采競煥發
簾影欲動花光浮鑿枘彼此竟穩入喁于前後宜非儔
篇成削稿衆譫舌誰能綴此千金裘蒹葭前與玉樹謀
隴廉頗欲儕閻娵肯許暫作光威裒

次韻送別吳會齋六首

會齋於治術根源在詩書考其理縣譜無非德充符始
與人之爹不求衆口譽居官愛吟詩清水浸芙蕖至今

江都堂明月照階除羊續去已久猶懸梁間魚
貞珉立高碑大圭設生位民情大可見此事良不易古
者有循良三異徵協氣千間搆廣廈九州製大被不如
百里中黽勉爲仁吏
自我與君交披豁同悲喜壯心每不平哀音多變徵聞
君鼓祥琴嗒然憑素几行將理征裝驅車又北指揚州
亦暫住春風相料理東山盍久淹定爲蒼生起
憶昔新安江與君託知心子舍相往還論文見中襟枯
魚感銜索轉首難重尋君猶祿逮養我更創痛深四鳥
嗚恒山安得載好音

蔣公開三徑請蔣清容至德人所仰作詩持贈君清言見樂

廣漫勞索刮吹欲繼鍾鏞響合毫效苦吟斜日照虛幌

憶往多軫感撫時紛幻想何時遂耦耕共游羲皇上

春風吹綠楊送君出南郭江舟催曉渡衆星猶作作叢

葦鷹鶩喧平波鳧鷗躍誰知執手人無言懷抱惡知君

浮海志取材得所託君士與盧敖終竟翔寥廓